我が愛する詩人の伝記

muroo saisei
室生犀星

講談社文芸文庫

目次

我が愛する詩人の伝記

北原白秋

明治四十二年三月、北原白秋の処女詩集『邪宗門』が自費出版された。早速私は注文したが、金沢市では一冊きりしかこの『邪宗門』は、本屋の飾り棚にとどいていなかった。当時、北原白秋は二十五歳であり私は二十一歳であった。金沢から二里離れた金石《かないわ》町の裁判所出張所に私は勤め、月給八円を貰っていた。月給八円の男が一円五十銭の本を取り寄せて購読するのに、少しも高価だと思わないばかりか、毎日曜ごとに金沢の本屋に行っては、発行はまだかというふうに急がし、それが刊行されると威張って町じゅうを抱えて歩いたものである。誰一人としてそんな詩集なぞに眼もくれる人はいない、彼奴は菓子折を抱えて何の気で町をうろついているのだろうと、思われたくらいである。

処女詩集『邪宗門』をひらいて読んでも、ちんぷんかんぷん何を表象してあるのか解らなかった。南蛮風な好みとか幻想とか、邪宗キリスト教に幻妖な秘密の匂いを嗅ぎ出そうとしても、泥くさい田舎の青書生の学問では解るはずがなく、私は菓子折のような石井柏亭装幀の美しい詩集をなでさすって、解らないまま解る顔をして読んでいた。ただうろ覚えにわかることは、活字というものがこんなに美しく巧みに行を組み、あたらしい言葉となって、眼の前にキラキラして来る閃めきを持つこともあるということであった。こんなに活字が私の好みとうまく融け合って現われていることで、私はたいへんな物を読んでいるのだと思った。この北原白秋という人は自分の頭の中で一遍活字をならべて見て、それがどのように本の中に刷られるかを、ちゃんと見とどけている人だ、そこに驚きと訓えを詩はまるで解らないままで読みながら、そんな変なものを受け取ったのである。

それから四十七年も経った今日、『邪宗門』をふたたび精読してみて、邪宗門秘曲一連の詩はやはりむかしとおなじで、解らないものがあった。解ったような解らないものがくり返されて、私をうやむやに印象させた。だが、ことばというものを生みつける白秋のことでは、どういう頭もかなわなかったごとく、二十一歳の私が活字の威厳と色彩の発見について、白秋をえらい人だと心に置いたことも今日とかわらなかった。『邪宗門』がちんぷんかんぷん解らなくとも、えたいの知れぬ麻薬入りの活字があの中に封じこめられていることだけは、今日の私にも解るのである。

私は白秋編輯であるところの『屋上庭園』という詩の雑誌の広告を見て、それをまた直接白秋に宛て注文した。名もない一青年の注文葉書は、『屋上庭園』の逓送によってあるえにしをつないでくれた。これが白秋に文通した最初であったが、私は『屋上庭園』の詩をよんで見ても、やはり解らないものは解らないままだった。詩というやつは少々解らない胡麻化しの感じがいるものだというふうに、むつかしい象徴詩の意義とやらの解らない私は、そういう解釈を自分流にしていた。そして白秋の字らしい包み紙のしわを伸ばして、大せつにしまって置いた。『屋上庭園』は一冊一円の雑誌であっていまなら千円くらいに換算され、田舎のさびしい郵便局でカワセを組んで送金した。たったこれだけのことでも、月給八円もらっている男にとっては大したふんぱつであり、そのために詩というものに莫大なつながりが感じられた。『邪宗門』を持っている者は北陸道では私一人であろうし、雁皮紙のように美しい四六倍判六号組みという高邁ハイカラな詩の雑誌『屋上庭園』を購読している者は私一人だったからである。

この『屋上庭園』は木下杢太郎、吉井勇、長田秀雄が同人であったが、第弐号の「おかる勘平」という白秋の詩によって発売禁止になり、第弐号でつぶれた。この年の一月に『スバル』という森鷗外を背景にもった立派で権威のある雑誌が創刊された。白秋の詩が毎号掲載されていて、私はあくことなく愛読した。当時白秋は私より四つ上の若さで、田舎で遠く眺めているとすでに大家であって、私なぞ寄りつくことも出来ない隔たりがあった。

処女詩集『邪宗門』は明治四十二年代にあって、自費出版の費用は百円ほどかかったと聞いていたが、その年の暮までに福岡県柳川町沖端の酒造業、北原家は酒蔵の火災によって破産していた。白秋の詩集がその前後に出版されていることに、えにしなしとは言えない。一たいに詩人が第一詩集（処女詩集）を自費で出版するときには、その詩人の家業になんらかの運命風なおとずれが現われているものだ。も一つ自費の詩集を処女詩集と誰がいうともなく言っていて、いまだに処女詩集と呼ばれているのは、まだ誰にも読んでもらわない、はじめて出版されるというほどの、ご念のはいった美しい愛称なのである。小説集なぞはこれをひと口に初版本といい、処女小説集とはいわれていない。詩集をまもりつづけて来た美名が未だに、ふくいくとして匂いこぼれている所以である。

明治四十四年の六月に第二詩集『思ひ出』が、自費出版ではなく美しい装本となって、その時代のはなやかな詩歌集出版元である東雲堂という書店から出版された。『思ひ出』一巻にあふれた抒情詩はすべて女の子に、呼吸をひそめて物言うような世にもあえかな詩情からなり立っていて、島崎藤村、薄田泣菫、横瀬夜雨、伊良子清白、河井酔茗、与謝野晶子らの詩境から、ずっと抜け出した秀才の詩集であった。

私は『思ひ出』から何かの言葉を盗み出すことに、眼をはなさなかった。詩というものはうまい詩からそのことばのつかみ方を盗まなければならない、これは詩ばかりではなくどんな文学でも、それを勉強する人間にとっては、はじめは盗まなければならない約束ごとがあるものだ。『思ひ出』の詩がすぐ盗めないのは、白秋が発見したり造語したりしているあたらしい言葉が溢れていて、それが今まで私の読んだものに一つも読み得なかったことである。ただ私が学ぶことの出来たのは、女への哀慕の情というものがこのように寄り添うて、草木山河、日常茶飯事をもうたうものであるということであった。人間に生まれて女を慕わざる若さは存在しない、私の若さも白秋の若さも人間の持つ同じものであるから、女を慕いそれをうたう時はこういう隙間や陰《かげ》からうたうものらしいと、私の盗みはそこから眼をさましかけ、それに勉《つと》めたものである。

哀《あはれ》知る女子《をみなご》のために、
われらいま黄金《こがね》なす向日葵《ひぐるま》のもとにうたふ。
哀《あはれ》知る女子《をみなご》のために。

○

女子《をみなご》よ、
汝《な》はかなし、
のたまはぬ汝《な》はかなし、
ただひとつ、
一言《ひとこと》のわれをおもふと。

明治三十七年白秋は早稲田大学の英文科予科に入学した。その頃家産の傾いた父君、長太郎からの学費には、小判がたびたび送られ、白秋はこれを金に換えて生活の費用にあてた。牛込戸塚、千駄ヶ谷、新小川町、そのほか白秋はたいてい一軒の家を借り、ひとりのばあやに炊事をさせていたが、このばあやは二十年も白秋にかしずいていて、白秋もばあやにたよっていたようである。

『思ひ出』は与謝野寛に認められ、雑誌『明星』に発表されたものだが、発行後このように詩集が多く読まれ、たくさん売れた例は尠《すく》ないであろう。骨牌を表紙絵にしたこの詩集は『邪宗門』で装幀の名人になった白秋が、ふたたび『思ひ出』で装本学に一つの暗示をあたえたほどだ。発行者東雲堂主の西村陽吉も歌人であったし、それらの印税で白秋はらくになったに違いなく、郷里からの仕送りも絶えていた頃であった。もちろん、詩人白秋の名声は高まり、三木露風とならんで漸く白露時代を築きあげる芽が吹いていたわけだ。

さて私はやはりぶらぶら金沢にいて本屋の店頭に、毎日いちどずつ現われ雑誌と単行本とを見に行った。明治四十四年頃の私の毎日の日課は一日に一度ずつの、本屋訪問がぬきさしならぬ文学展望のかたちになっていた。私はそこで四六判の横を長くしたような東雲堂発行の『朱欒《ザムボア》』という、白秋編輯の詩の雑誌を見つけた。そして私は白秋宛に書きためてあった詩の中から、小景異情という短章からなる詩の原稿を送った。例の《ふるさとは遠きにありてうたふもの》という詩も、その原稿の中の一章であった。もちろん、返事はないが翌月の『朱欒』に一章の削減もなく全稿が掲載され、私はめまいと躍動を感じて白秋に感謝の手紙を送った。（ずっと十年も後の年、私が小説を書くようになってから、酒席ではあったが白秋はひときわ真面目な顔付で、どうも君くらい原稿の字の拙い男はない、あて字だらけでみみずの赤ん坊のようでまるで読めなかったと彼は微笑《わら》って言った。では何故掲《の》せたのだときくと、字は字になっていないが詩は詩になっていたからだ、故郷の郷という字も碌にかけない男だと、彼は妙な愛情で私の字の拙いことを心から罵ってくれた。）

次の号にも投稿して掲せられ、次の次にも掲載されて、私は嬉しく勉強することが出来た。木下杢太郎、長田秀雄、吉井勇、斎藤茂吉、谷崎潤一郎、茅野蕭々、萱野二十一の諸氏とならんで、つらつき一人前になって私の詩がヒナドリのように羽根をぴくぴく動かしていた。ところが私の活字の隣の頁にふと萩原朔太郎という名前を第四号の『朱欒』にはじめて見て、こんな男の名前を見たことがなかったので、私は詩をほぐし読みしてこの男の詩歴をしらべて見た。そしてこの男がはなはだ私にちかい憂鬱と、故郷前橋市でぶらぶらどうらく息子のくらしを嘆いているのを発見して、萩原朔太郎とはなかなか立派な名前だと感心していたが、つぎの号にも萩原朔太郎の詩がけいさいされていて、たくさん書きためた原稿から撰んで投書した余裕のあるゆたかさがあり、私がいつも先の方の頁に出ている関係から、ムシが知らせるのかこの男の詩を愛誦措かざるものがあった。ある日突然青い封筒に青い西洋紙の手紙が私の机の上に飛んで来て、君の詩は『朱欒』で毎号読んでいるが、それは抒情詩というものをあらためて皆に示すくらい高いものだといって褒めてくれた。私はすぐ返事を書いてムシの知らせるままこの男と、つまり萩原朔太郎の死去するまで二十七、八年その友情をつづけた。文士というものは原稿のうえに同じ詩人とか文士をほめるということは、よくよくのことでないと対手方《あいて》の名前を原稿には書かないものだ、それほど、ようじん深く対手を見つめてから名前なら名前をやっと書くものだ、だが萩原朔太郎はそんなことはお構いなしに私のことを、率直にほめてくれていた。はじめて手紙をくれた日から三十年間にも、少しも渝《かわ》らずに事があるごとに私を引き立て、名前を引きずり出して極まりの悪いくらい、友情は厚くその野性は至純なものだといい、彼の全集のどの頁にも私の名前があるのを見て、みずからにようじん深く悪小説家のたましいを抱いて、いまだに、ずるくぬけぬけと生きていることは少々はずかしい思いであった。私は彼よりも十何年か生きのびている、その十何年間を指折り算えてみて折々大笑し、そしてかえりみて済まんような気がするのである。彼と私とはおたがいにムシが知らせ合ったものを、その半生に持ち合わし照らし合わせていたようなものだ。

『朱欒』には大手拓次の詩も間もなく紹介され、白秋の三羽烏は萩原と大手拓次に私の三人をかぞえた。後年、大木篤夫が白秋の直門になって現われたが、白秋が萩原と私と大手拓次を詩の方で引き出したことは、人の原稿を見分けることでも、なかなかにうるさいぐらいに厳格な人であっただけに、やはり眼は人を見分けることに鋭く行きとどいていたのだ。『朱欒』に詩の出た翌年私は京都に上田敏をたずねた。(―藤井紫影の紹介名刺持参―)詩集『海潮音』の著者であり文学博士である上田敏は指環のはまった繊細な手で、ようかんをつまんで無名の私にすすめ、私は文学博士ともあろう人がえらい親切をするものだと感銘した。その上田敏は『朱欒』の私の詩を読んだといってくれ、意外な光栄を感じた。帰りの梯子段でお下げの令嬢をちらと見たが、それだけでも上田敏訪問は私には幸福だった。えらい人を訪ねたのはこれが初めてであった。

白秋はよく引っ越す人である。私なぞにその都度転居通知なぞが来るはずはない、彼の引越し先につぎつぎと現われ、一年に二、三度は訪ねた。部屋は何時でもきちんとかたづき、机の上には原稿紙でない上質の洋紙が重ねられ、それに詩の下書きがほどこされて、さらにそれを原稿に書きなおしていたのかも分らぬ。冗談もいわなければ砕けた話もしない、それで大家振っている気障《きざ》なところはなく、手元に引き寄せられて話は熱心にするが、それ以上に女の話などするとか、私自身の生活を聴き取ってくれるとか、そういう一さいのうるさい話はしなかった。詩の話、雑誌の話、木下杢太郎の話、吉井勇の話、そんなふうなことで話はすぐ絶えてしまって、私はきゅうくつになり、長居はしないで何時も早々に退去した。つまり顔さえ見ればよかったのだ。どんなに窮していても原稿売込を頼むとか、金銭なぞは一銭も借りたことがなかった。私はそれだけでも私の幾つもない徳にかぞえていたのだ。他人にはすぐきゅうくつになる田舎書生の私と、いつも高度のハイカラ趣味を持った白秋との、いんぎんにして礼儀のある交際は、そのまま永い間続いた。小説を書いて少し名前が出た時分でも、白秋は以前にくらべて少しばかり敬意を持ってくれただけで、私は例のきゅうくつなものから脱けきれないで、にこにこしながら、いまから考えると彼にたいする尊敬と、きゅうくつなものを最後までまもっていたように思われた。

このあいだ家の娘がいったいお父チャンには、小説を書くのに先生がいたのかどうかと、これだけは聞いて置かなければならないというシンケンな顔付で訊ねた。私曰く、お父チャンは小説の原稿をえらい小説の大家に見て貰ったことは一度もない、お父チャンは小説というものは何時も一人で考えて書いたのだと私は説明した。では詩の先生はいやはりますかと言ったから、詩はやはり北原白秋が先生みたいなものだ。白秋が生きている時分は大きな声でいうと、白秋におべんちゃらを言うているようであかんと思うたが、いまになると萩原朔太郎と私とはなんといっても白秋の弟子だ、原稿の字は一字もなおして貰わなかったが、白秋のたくさんの詩のちすじがからだに入って、それが萩原と私にあとをひいている、これほど明確な師弟関係はない、白秋も生前にはこの二人を弟子なんぞと言うには、息子が大きくなりすぎているのであれはあれの好き勝手にさせて置けばいいんだよと、弟子とは呼んではくれなかった。しかし、おれのほねを拾うやつはこの二人の男だ、あれらはちすじをひくことでは間違いのない人だと、白秋は夫人にもそれは言わないで頭に持ったままで、死んでしまわれた。そして一人の兄弟萩原朔太郎も残念にも私より先きに死んで行った。私はこの伝記だか何だかわからない物をかくために、白秋アルバムと白秋全集を併読しながら写真にある白秋の顔を毎日眺めていた。気むずかしく優しく、小僧、大きくなって宜かった、今度はがらになく伝記と来たね、丹念にうまく書けよと、開く頁の先々で顔を見せられた。余り毎日見つづけているので極まりが悪く私は頁を伏せることもあった。こういうがらにない仕事を人もあろうに私にさせる『婦人公論』も『婦人公論』なら、こういう機会に毎日白秋に会えるということも、きゅうくつではあるが、今日は何を書こうかという愉しい朝が夜が明ければあった。

その後、たった一度、若山牧水の詩歌雑誌『創作』に、詩の原稿を送ってくれるよう白秋に頼んだが、翌月掲載されはしたものの三段組の投書仲間にはいっていて、私はブルブル震えて怒った。私はすでに当時生意気にも一人前の詩人になった気でいたが、若山牧水はまるで私なぞもんだいにしていなかったらしい。白秋をたずね三段組の悲哀をうったえたが、白秋はそれだから原稿を他の雑誌に送ることがいやだというのだ、向うには向うの雑誌のなりふりがあるのだからと言い、白秋は不機嫌であった。しかしその翌月号からは二段組になり、一家のあつかいをしてくれたが、白秋が手紙で牧水にそう言ってくれたものであろう。それは白秋だけにたよって他の雑誌に書かないでいるはずなのが、私のとるべき清節であったのに、そういう清潔さを知らなかった私の無礼も咎めずに、わざわざ手紙をかいて二段組にするよう、牧水に言ってくれたことも、なかなか出来ないことである。

数多い引越し先の一つである浅草聖天横丁の、あかるい白秋の家の二階家に私はまた現われた。二階に通されると先客があって、その人は画家の山本鼎であることが判った。白秋と鼎はほとんど私をそっちのけにしたしげに話し合っていた。私はそこそこに辞去したが、その折、山本鼎はいま来た男はナカナカの面つきをしているね、文学青年なんてみんなああかね、あんな食えない面つきの青年なんて見たことがないね、と、山本鼎は画を勉強している生活に余裕のある青年との比較論をしたと、白秋は後にこのことを私に話してくれ、これほど参ったことは前後を通じてなかった。それ以来、山本鼎の名前が手厳しく印象されたが、私が小説を書く前後に山本も『中央公論』に年に二回くらい小説を書いていたが、決して他の雑誌には執筆しない義理堅い作家であった。ある年のある日ある宴会の席上で山本鼎に行き合ったが、彼の曰く、この頃君の「まむし」という小説を読んだが、面白くて遂に再度読んだと正直に言われ、頭を掻いて私は赧くさえなった。あんなたちの悪そうな青年なんて見たことがないと言ったその人が、再度もそのたちの悪い男の小説を読んでくれたということで、すっかり私はたちの悪そうなという言葉を訂正されたようで、よくふとった山本鼎の寛容迫らざる人がらを思いやった。

私はちすじ（血統）という言葉をこの原稿の中でつかったが、文学のうえのちすじというものは、何かの弾みにその子孫にあらわれるものらしい。白秋の令妹家子さんは十九歳で上京され、白秋の親友山本鼎と結婚した。一子を得て太郎と名づけられたのが、父君すでに亡きこの頃、新鋭の詩人としてもっとも注目されている山本太郎のことであった。近作『みみずの歌』はみみずの世界の哀しみにことよせ、人間の世界に及んだものだが、私はこの詩をよんで父君山本鼎と、母親の兄さんである北原白秋から継いだ血すじに、あらそわれぬ文学のあらわれが、あさがおの白い花をしぼりに見せる種子《たね》の微妙さを感じさせたほどだ。森鷗外の令嬢茉莉子さん、その妹さんの小堀杏奴さんなども、父君鷗外の碩学の堅さとは反対の柔らかい文学のおしえを、いつの間にか受けていられている。横山美智子の令嬢の場合はかたがちがうが、やはり踊りも文学のあらわれ方が違っているとはいえ、横山はるひの出現もいみじいものであった。こう考えて来ると新鋭の詩人山本太郎の詩の世界は、一等直系的でまっつぐに白秋の行けなかった所を行こうとしている。親子二代ではないが何か親子二代の詩人というふうに考えると愉しくさえあるのである。

話はあとさきになるが大正二年かのある日、私は麻布にある白秋の家をたずねたが、玄関に令妹家子さんが出て来られ、このひとが白秋の妹さんであることを知った。二階にあがるとそこにもう一人の女のひとが、いままで白秋と話をしていたらしく、来客と聞いて机のそばから立ち上った際で、ほとぼしる紅顔長身はちょっと天井につかえるほど、せいの矮《ちいさ》い私にはなりの高い人に見えた。紅顔長身のひとはすぐ家子さんと階下に行き、私はあれは誰だろうと思った。ちらと見るほど女の人の美しく見える瞬間はない、とりわけ貧窮と孤独にやつれている私の眼には、失礼な言分だが夢二式のいいようもないユメミテエルような大きな瞳をしている令妹家子さんを見るだけでも、そわそわしているのに、長身の人はすでにかくれて現われなかった。あとさき一度しか見なかったこの美女は、人の奥さんであった松下俊子さんであった。彼女は隣家に住んでいて、白秋は若気のあやまちで、この人の美所に憑かれたのである。後にこの夫から訴えられ、未決監に青衣を着てはいらなければならなかった。白秋は女の人に優しくあったし、女の美所をみることは、あとさきのことは半分考えても、美所が匂えばあとの半分は構わない人なのだ。誰でもそうなのだ、女のひとに美所が見えそれに走らなかった人の生涯なんて、カンナ屑みたいに乾き切っているものだ、生涯にまちがいのなかった奴は碌なしごとも出来ないガチガチ男なのだ。我が白秋はおなじ独房の彼女が運動場に行くすがたを見てうたった。そのころの囚人さんはあみがさをかむっていた。いまもあみがさをかむっているらしい。

編笠をすこしかたむけよき君は

なほ紅《あか》き花に見入るなりけり

白秋はよく詩歌の雑誌を創刊したり廃刊したりした。一種のこの時代のはやりのようなものであったが、後進にみちをひらくためには雑誌のちからが必要だったせいもある。大正二年巡礼詩社を興したが、これは詩と歌の添削がおもだったらしい。同三年に『地上巡礼』を出し、続刊詩集『真珠抄』『白金の独楽』などを出版した。この間に小笠原島に旅行したが、美女松下俊子さんとは間もなく別れた。派手好みで、しみじみした家庭のことの出来ない彼女は、美所だけを白秋にあたえて去った。

大正四年阿蘭陀書房経営、令弟鉄雄と共同、文芸雑誌『ARS』を刊行、七号で廃刊された。（この弟さんの北原鉄雄はそれ以来四十年間、出版事業と戦争をした人である。子規全集、白秋全集〔前期〕の美本を刊行、つぶれては起き直り、起き直ってはつぶれ仕事はやれるだけやった、出版界の豪傑塙団右衛門であった。これほど出版事業と戦った人はなく、これほど人間くさく仕事に打ち込んだ人はいない、昭和三十二年惜しくも亡くなられた。）

大正五年江口章子さんを知り、白秋はこのひととまた同棲した。江戸川べり真間の里から後に葛飾に移居した。ここで雀に米をまいてやり、雀のことを詳しく書いて例の散文随筆集『雀の生活』を刊行したが、谷崎潤一郎はこの詩人の宿を訪れ、後に小説「詩人の別れ」一篇を草した。

大正六年駒込動坂に白秋は居を移し、私は田端にいたので、もっとも親しい往来をしたのもこの時分だった。章子さんは白秋の用向きで度たび訪ねられ、私は当時二十八歳くらいで処女詩集『愛の詩集』の自費出版を思い立ち、白秋に長文の序文を書いて貰った。この動坂の生活は白秋にも苦しいものだったらしく、私への序文はそれを原稿紙に書き直して読売新聞の文芸欄に、例のばあやさんが持って行き、それを原稿料に換えるという始末であった。

原稿には異常な苦衷が施されるほどで、その十何枚かある原稿には十日間くらいかかっていた。間もなく動坂から去って小田原の生活にはいり、八年間そこで暮らした。大正七年鈴木三重吉の雑誌『赤い鳥』に関係して、ようやく奇才縦横の童謡が次から次とうまれた。日本の童謡を根こそぎ叩き通したかれの煥発才気は、みるまに後代の子供達にたくさんのおみやげを作った。詩から短歌の境にはいりこんだ白秋は、ついに童謡の世界でもう一度自分を見つけたわけだ。しかしこの不世出の大才人はその生涯を通じて散文の仕事だけは、見事な完成期を持たなかった。文を綴ることで少しうるさく飾りすぎたからである。「白秋小品」などもあるが、やはり斎藤茂吉までには進めなかったわけだ。

この小田原で突然、永くつづいた章子さんとの関係が絶たれた。そこに何かあったかどうかは判らない、判ってもわれわれには何の役にも立たないことであろう。ただ、ここに、もっともよく判ることは美女俊子さんといい、また章子さんといい、ある時には白秋にはいなくてはならない人達であったこと、また、別の年の別の日には別れなければならないことだけ、われわれにその不倖がわかったのである。この詩人は小説家でなかったから、それをわれわれに知らしてくれるよすがもなかったが、白秋の肉にはふたりの爪あとがのこっていて、その痒さを白秋は目をほそめながら掻いていた日もあろうと、私には思えた。愛情は古いほど永い間薄《うす》ら痒い。

大正十年四月に白秋は佐藤菊子さんと相知った。それはいままでと異なった正式な結婚式によって、むすばれたのである。私も当時結婚していて一子を失うて小田原に初めて菊子夫人に会った。瞳は大きかったけれど、いんぎん懇切なひとがらで、私共夫妻は菊子さんの手料理ではじめて白秋家で、晩の食事を前後を通じただ一度きりご馳走になった。私が二十一歳で白秋を訪ねてから十五年振りでご飯をご馳走になったのだ。白秋の名はいよいよ定まり、私も小説というものを書いて、少しばかりの名を持って対《むか》い合ったものであるが、この小僧もとうとう一人前になったと白秋はそう思ったかどうか知らなかったが、始終、機嫌好く、にこにこしていた。人間の成長というものも不思議そうに見れば不思議極まるものである。

昭和十七年十一月二日、北原白秋は亡くなった。それから十三年目に恩地孝四郎も死なれ、その葬いの日に私は十三年ぶりで菊子夫人にお目にかかった。横着者のこの男は、その間に戦争が介在したりして、いちどもお訪ねする折がなかったのだ。恩地の葬いの日は暑い日であった。菊子夫人は永い読経の間の正坐にお疲れの様子に見えたので、私は娘に奥さんに席を代ってお上げして、涼しい処でお休みになるように言いつけ、奥さんはほっとして涼しい縁側に行って小憩されていた。

昭和三十二年白秋の弟さんの鉄雄が死去され、私はお詣りして菊子夫人にまたおあいした。その折の礼を返しに菊子夫人ははじめて小宅に見えた。そしてこれから白秋令妹の家子さんの家を訪ねるのだといわれ、では私も家子さんには四十年もお目にかからないので、お送りかたがた門口でいいからお顔が見たいといった。山本鼎の未亡人家子さんの住居は大森山王にあったから、すぐ小宅から近いのである。くるまで山本家までゆくと、白秋令妹が出て見え、すでに失いかけていられるだろうと思われた例のユメミルヨウな、夢二式のお顔を見てやはりおもかげはあると、嬉しくさえあった。家の中にはいらずに私は辞去した。

この白秋の伝記をかくための年代をしらべる必要がある、と、そんな考えで再び家子さんに会って動坂時代、聖天横丁の年月をたずねる決心をした。物臭で机のまわりばかりにいる私は、何時か菊子夫人と行ったおぼえがあるはずなのに、くるまはとうに山王街道を過ぎ、慌《あわ》てて降りてさがして歩いた。文章をかくために人を訪ね、話を聴きにゆくなどの経験のない私ではあったが、万年筆と懐紙を袂にいれて用意していた。

家子さんは六十歳くらいであったが、まだ見ただけでは若かった。私は率直に白秋の子供の時分の話を聞きたいといったが、家子さんは八歳ちがいの兄だったが、帰郷して俥から下りた兄をお友達とテニスをしていて、それを打っちゃって迎えに出たおぼえがある。しかし鉄雄さんが生きていらしったら、もっと面白い話があるでしょうが、それほど今急に思い出すこともないといわれた。聞き出すことは知っていても、ぬけぬけとはいわれず、私は万年筆で二行ばかり書いて、万年筆を袂にしまい込んだ。私の家に筆記をしに来た人はいままでたくさんいたが、みなノートに三、四枚は速記して行ったようである。だのにおれはたった二行しかまだ書いていない、これは怠慢だ、こんなことで若し雑誌社に勤めなければならなくなったら、編集長から小酷く叱られるぞと反省してみたが、腕時計はもう今日はと言って挨拶してから二十分間過ぎていた。家子さんは血圧が二百くらいあるし、心臓もわるかった。それだのに面白くもない皺苦茶面の私が坐りこんでいては、血圧に影響すると思い、何にも聞かないでおわかれしたのである。

表に出た私をやはり表の道路まで見送られた家子さんに対《むか》い、きまり悪げに帽子をひねくりながら言った。

「今日《きょう》は新聞記者のようなことをお聞きして、たいへんご迷惑をおかけしました。」

「いいえ、なにもお話し出来ませんで、……」

「どうかお達者で。」

「はい、ありがとうございます。」

北原白秋の晩年を書くことをわすれたが、視力が減退、糖尿病及び腎炎に発する眼底出血で、駿河台の杏雲堂に入院、私も見舞に行ったが、廊下にテエブルが出ていてそこで見舞客の記帳が行われるほど、にぎやかな病院生活であった。視力はよくはならずにうすぼんやりと見える世界に白秋は住むようになり、黒い眼鏡をかけていた。永年の豪酒と仕事の山積が禍いしたと見るより外はなかった。つづめて言えば病苦で晩年は不倖な薄明生活であったともいえよう。

白秋は短冊色紙をかくときにも、奥さんがそばにいるとよく書けるという、私なぞと正反対であったが、すべて薄暗いことは嫌いで、派手であかるいことがひどく好きだった。その人が視力を失いかけていたということは、たいへん不倖なことである。しかも白秋以後白秋なく、才華の点でも、三つの転換期を持っていた。短歌に転換し童謡に転身した彼は、その先きざきでほとんど不世出のはればれしさを、抱えきれないくらい抱えこんだ詩人であった。

高村光太郎

高村光太郎の伝記を書くことは、私にとって不倖な執筆の時間を続けることで、なかなかペンはすすまない、高村自身にとっても私のような男に身辺のことを書かれることは、相当不愉快なことであろう。私にとってはほとんど生涯の詩の好敵手であったし、かれは何時も一歩ずつ先に歩いていたこと、詩のうえの仕事の刻み方のこまかさ、用心ぶかさに至っては、私のまなぶべきことを、先に心に置いていた点でも、私は高村にかなわないものを感じていた。年少なかれが早くも当時の立派な雑誌『スバル』の毎号の執筆者であることは、私の嫉みのもとであった。私がどれほど詩の原稿をたくわえていても、『スバル』に掲載されるということは絶対にありえない、だが光太郎はいつでも華やかにしかも何気ないふうで登場していたのだ。私はほとんど詩を発表する雑誌を持たなかったし、たとえ掲載されても『スバル』のような立派な雑誌ではない、つまり私は毎号『スバル』の美しい印刷詩を間に置いて、高村光太郎という名前に絶えず脅かされていたのである。詩の青書生であった私にとって詩の発表機関が『スバル』である高村光太郎をしゃくにさわらずにいられなかったのである。本屋で立ち読みする無心の私は、そこから去るときは蒼褪め悲しみ嫉み怒りをおぼえていた。その不倖は私の東京彷徨のあいだじゅう、青春の何年間も続いていた。誰でも文学をまなぶほどの人間は、何時も先きに出た奴の印刷に脅かされる。いちど詩とか小説で名前が印刷されるということは傍若無人な暴力となって、まだ印刷されたことのない不倖な人間を怯えさせ、おこりを病むようにがたがた震えを起させるものである。

光太郎の死去の月に私はある雑誌から、小説「高村光太郎」を書くように頼まれたが、私はあの人のことを書くことはあの人の潔癖をいじくり廻すことになり、私は私で不倖な年がいもない小説をかくようになるからと言って引き退った。あの人のことを小説に書いたら、碌なことを書かないだろうという予測があった。私としては前例のない謙虚の気分で、巨星墜つという感じで敵手の死を小説にまで書く気はなかった。

光太郎の生前にも私は機会があるたびに、光太郎を褒めても半分は肉迫し何かをくさしていた。たとえば、芸術院会員にすいせんされても、きっと断るだろう、という私の見方に誤りはなく、かれはそれを断った。文学者とか詩人とかいうものはあるだけの有名と名誉を掻っさらって、この世界でいつも最高の地位をその作品の名において、ふん摑まえるものだ、当人がいやだと言っても、いいものを書けば何時の間にかある地位までは上昇する、秀眉な作品がそうさせるのだ、地位とか有名がいやだったら書かないでいた方がいいだろう、私はつねにこんな意見を抱いていた。いまから二十年前『中央公論』が時の有為の詩人の作品をあつめるため、私に指名をもとめた時に先ず高村光太郎をすいせんした。しかし光太郎は『中央公論』のような大雑誌には詩は掲《の》せたくないと言って断った。そして、かれは名もない同人雑誌から頼まれた詩はこくめい書いて、同人費に該当する金を為替に組んで送りとどけていた。かれはそんな事に純潔を感じ喜びをおぼえ、さっぱりしたいい気分を感じていたのだ。かれが、水野葉舟の編集していた銀行か何かの宣伝雑誌に、葉舟と親友であるためによく詩を書いて発表していたのは、いささかトンチンカンなものであったが、かれは大雑誌を断ってもこの薄っぺらな雑誌に詩を書いて平然とし、かえってこれを徳としていたくらいである。この葉舟の雑誌は詩にいくらかの原稿料も支払っていて、私も市井彷徨の折、葉舟を訪ね原稿料を貰ったことがあった。

当時『感情』という三十二頁の詩の雑誌を出していた私は、光太郎にも詩をたのんで書いて貰った。光太郎は駒込のアトリエから田端まで歩いて、私が折あしく不在だった机の上に、その原稿を置いて帰った。光太郎は自分の原稿はたいがい自分で持参して、名もない雑誌をつくる人の家に徒歩でとどけていた。紺の絣の筒袖姿にハカマをはいて、長身に風を切って、かれ自身の詩を演出する勇ましいすがたであった。かれはやはりそこに純情をおぼえ、ひまのある人間がひまを有為につかう心得を知っていた。

かれは日本の詩というものでは、昇れるだけ昇りつづけた男であった。一度も後退したことはない、高村光太郎という透明無類の風船は、「泥七宝」の短章から「暗愚小伝」にいたるまで、拍手喝采の間に天上に到達したのである。

晩餐

暴風《しけ》をくらつた土砂ぶりの中を
ぬれ鼠になつて
買つた米が一升
二十四銭五厘だ
くさやの干《ひ》ものを五枚
沢庵を一本
生姜《しやうが》の赤漬
玉子は鳥屋《とや》から
海苔《のり》は鋼鉄をうちのべたやうな奴
薩摩《さつま》あげ

かつをの塩辛
湯をたぎらして
餓鬼道《がきだう》のやうに喰ふ我等の晩餐

ふきつのる嵐は
瓦にぶつけて
家鳴《やなり》震動のけたたましく
われらの食慾は頑健にすすみ
ものを喰らひて己が血となす本能の力に迫られ
やがて飽満の恍惚に入れば
われら静かに手を取つて
心にかぎりなき喜を叫び
かつ祈る

（後略）

昭和十六年太平洋戦争にはいると、光太郎はそのころの詩人がみんなしたように、かれも御国《みくに》のための詩を作り、一つの流行詩の表面にうかんでいた。純潔とお人好しとをうまく釣り上げられたのである。戦争が終ると急に自分がいやになり、「暗愚小伝」を書いて反省した。これがかれの数尠《かずすく》ない生涯のツマズキだったのだ。大臣ならとうに総辞職というところだが、そんな事は誰も咎めない前にかれはあやまった。あれほど用心ぶかく、巨きく純度の高いものをまもりつづけたかれも、ようやく人くさい息吹をついた。私はかれのこの不倖にひとつの本物を感じた。そしてその昇りつめた詩がもはや昇ろうとしないで、ひとつ処にとどまっているのを眺めた。その時、巨大な風船の右の遠方にいまひとつの小さい、若い赤い風船がやはり昇りつめたところに滞《とど》まっているのを眼にいれた。これには二十六歳で死んだ立原道造という男がのっていた。私はこのふたつの風船の純潔さを、それがどれほどの違いを持ち合い、どれほどの違いを現わしているかを毎日見ていた。

高村光太郎がいわゆる中間雑誌にも書くようになったのは、ようやく雑誌の灰汁《あく》がしみ亙っていて一々それを拭いていられなかったからである。かれの詩が凡ゆる詩というものが雑誌のかざりとうめくさであることに間違いなく、かれの詩もまた雑誌のゆびわや帽子の役目をつとめるようになっても、かれはあまりこたえる風もなかった。あるいはこたえても、そんな子供くさい事には、もう一々潔癖がまもれなかったのかも知れぬ。

永年に亙り自分の詩をそだてるうえに、注意ぶかく卑俗を避けていたかれは、時勢もそうであったが持ちきれなくて半分投げ出したところがあった。二種類の文学全集、彼自身の全集とかいうものが、かれを文学の泥臭い中に抱きこんでしまったものの、そんな泥を吐くいとまさえなかったのである。それはそうであってよかったのだ。詩は詩であっても文学は泥くさいほど美しい、泥のついていない詩や文学はご免蒙りたいものである。巨大豪放の透明感というもの、清純高潔の生き方というものを最後まで持ちつづけたかれも、時々、その反対の生き方を強いられてくると、口ごもりながら、これは何とかしなければならんと何度もムカシ好んで着た紺絣で質素と朴訥の風采を愛しようともがくのだ。

先日といっても昭和三十二年の十一月、私は歌舞伎座の休憩室で正宗白鳥と宇野浩二にお会いして、話が高村光太郎におよぶと私は宇野に言った。

「高村光太郎には一種の構えがあったね、若い時分からずっと続いていた構えが。」

宇野浩二は即ちスルドイ語調でいった。

「あった、高村には構えがあったとも。」

正宗白鳥はただ、あったな、と寛っくりと言われた。

私はさらに宇野に君はどうかというような顔付をして訊いた。

「詩人の伝記を書いているが、どうもすぐ自分のことを書いてしまうね。」

「そうだとも、自分のことを書かなければ何も書けないよ。」

小説博士のかれはちっとも笑わないで、当然だといえる顔付で答えた。

高村光太郎は明治十六年三月東京下谷区で生まれた。私とは六つ年上である。東京美術学校彫刻科卒業、砕雨と号し与謝野夫妻の『明星』に短歌を発表、つまり同人雑誌で勉強した形である。三十九年三月から四十二年まで外遊、ニューヨーク、パリに滞在、人の話では借りたアトリエに閉じこもり、碌々外に出なかったこともあったそうだ。

処女詩集『道程』は白山町の抒情詩社から刊行、この貧しい出版屋にほとんどただで発行さしたのも、高村光太郎らしい無名の出版所をえらんだわけである。久しい間その詩集は『道程』一冊しか発行していない。後に『智恵子抄』『智恵子抄其後』を刊行、ヒューマニストまたは、モラリストとしての詩風をしめす。ヴェルハアラン（一八五五～一九一六年、ベルギー系のフランス詩人。生命賛美の象徴詩を書いた。）の訳詩集『明るい時』『天上の炎』『ロダンの言葉』『続ロダンの言葉』を訳したが、その行文の美はかれの詩の水脈を引いている。その他『ゴッホの手紙』、評論集『造型美論』『美について』等がある。戦後岩手県の山村に七年間こもっていた。彫刻はわずかに数点しかない。

田端の百姓家に私は下宿住いをし、ほとんどの日は千駄木町の通りから白山に出るのが、私の散歩区域であり、本屋に本を売り質屋に通い、大方の日は憂鬱極まるものであった。千駄木の桜の並木のある広いこの通りに光太郎のアトリエが聳え、二階の窓に赤いカーテンが垂れ、白いカーテンの時は西洋葵の鉢が置かれて、花は往来のほうに向いていた。あきらかにその窓のかざりは往来の人の眼を計算にいれた、ある矜と美しさを暗示したものである。千九百十年前後の私はその窓を見上げて、ふざけていやがるという高飛車な冷たい言葉さえ、持ち合わすことの出来ないほど貧窮であった。こういうアトリエに住んでみたい希《のぞ》みを持ったくらいだ。四畳半の下宿住いと、このアトリエの大きい図体の中におさまり返って、沢庵と米一升を買うことを詩にうたい込む大胆不敵さが、小面憎かった。

高村にはちっとも関係も意志もないことだが、私のほとんどの日が、このアトリエの前を通り、内部にあるかれの生活と私のそれとの比較が行われ、毎日遣っ付けられ毎日項垂《うなだ》れて通ったわけである。私はどのようにして自分のみじめさを救ったらいいかという考えの果に、やっと高村光太郎を正式に訪ねることで、かれの知己を得ることによって心の平明をとり入れたいと思った。いちどでも、このアトリエの中に客として坐りこめば、あんなに厭な気分でこの通りを歩かないで済むだろう。そして高村と友人関係になればかれに持つ嫉みも何もなくなるのであろうと思った。

私はある日二段ばかり登ったかれの玄関の扉の前に立ったが、右側に郵便局の窓口のような方一尺のコマドのあるのを知り、そこにある釦を押すと呼鈴が奥の方で鳴るしかけになっていた。私はおそるおそるその呼鈴の釦を押した。すぐ奥のほうで呼鈴の音がきこえ、私は新鮮なせんりつを感じた。私は私と同等以上の人間を訪ねたことは北原白秋だけであって、光太郎は私とは因縁も文学関係もない男だったが、会わないことはないだろうと思った。だいぶ永く、時間にしたら一分三十秒くらい私はコマドの前に立っていた。放心状態でいたのでコマドの内側にある小幅のカーテンが、無慈悲にさっと怒ったように引かれたので、私は驚いてそこに顔をふりむけた。それと同時にコマド一杯にあるひとつの女の顔が、いままで見た世間の女とはまるで異なった気取りと冷淡と、も一つくっ付けると不意のこの訪問者の風体容貌を瞬間に見破った動かない、バカにしている眼付きに私はと出会ったのである。私は金でも借りに行った男の卑屈さで、高村君といってにわかに高村さんといいあらため、今日はお宅においででしょうかとおずおず言った。するとこの女は非常に軽くあごを下の方に引くことによって、来意を諒解したふうを装い、突然、さっと、またカーテンを引いてしまった。彼女はコマドからはなれ、奥の間に行ったらしく、白い少々よごれたカーテンが私の眼の前と内部の光景とをへだてた。

再びカーテンが引かれたが、用意していた私はこんどは驚かなかった。ツメタイ澄んだ大きくない一重瞼の眼のいろが、私の眼をくぐりぬけたとき彼女は含み声の、上唇で圧迫したような語調でいった。

「たかむらはいまるすでございます。」

た。

「は、いつころおかえりでしょうか。」

女の眼はまたたきもせずに私を見たまま、答えた。

「わかりません。」

私は頭を下げると、カーテンがさっとハリガネの上を、吊り環をきしらせてまた走った。

再度目に訪ねたとき女は顔だけあらわしたが、私はその間際にまた来たという言葉を女の眼によみとって、すぐ、私は彼女の眼に抗議をもうし込むよう、ちょっとした気配を見せてやった、だが、それは受けとられなくて、「たかむらはただいま出かけて居ります。」と彼女はいい、私はやけになり、ああそう、こんな男が来たといって下さいと、私は自分の名前を告げたが、彼女は、正確な返事ではなく、あ、そう、ふんというふうにいって、カーテンをまたさっと引いた。

三度目に訪ねたのは一ヵ月後のある午前中であったが、ツメタイ眼は夫のほかの者を見るときに限られている、夫には忠実でほかの者にはくそくらえという眼付で、やはり追い払われた。それは秋で私は父死すという電報の来ている下宿にかえって、その晩、故郷に向いて立ち、十日程して帰京すると千駄木町の通りを行き、思い返して国から持参した吉田屋物の九谷の大皿を抱えて、アトリエの前に立ったが、その日は都合よく光太郎自身が現われ、かれの書斎でしばらく話しておみやげの皿を置いて帰った。私はこんなに人を訪ねるに執拗であったためしも尠ないし、九谷の大皿まで何の気でもっておべっかを尽したのか、そのもとをさぐると高村光太郎の友人になりたかったからである。私みずからを救うのはもちろんだが、光太郎のアトリエにしげしげと通ってあわよくば、大雑誌『スバル』に詩の原稿をすいせんして貰いたい下心があったからであった。けれども人に贈物をしたくても出来ない人間が、それをなし遂げたときには精神的にもうがっかりして、私は光太郎をまたと訪ねる気がしなくなっていた。詩人が贈物で詩を紹介して貰うことに気がさしていたし、ツメタイ眼をみることがいやだったからだ。しかし私は独居の下宿の部屋でときどきあれは誰だったかと、うかぶたくさんの女の人の顔をおもい上げるとき、このツメタイ眼がツメタイために美しく映じてくるのを、怖れた。この女のひとこそは『智恵子抄』の智恵子であったのだ。

高村光太郎という類のない不思議な人間によって、みがき上げられた生きた彫刻智恵子を見たのは、ただの、この三度の面会だけであった。かれは父光雲像をきざみ、「紫朝の首」「男の首」「園田孝吉像」「裸婦」「今井邦子像」「牛」「腕」「松方正義像」「中野秀人の首」「東北の人」「大倉喜八郎像」「黄瀛《こうえい》の首」「黒田清輝像」「九代目団十郎」「河口慧海像」「木暮理太郎像」などを作り、最後に十和田湖公園功労者顕彰記念碑のため、裸像を製作した。だが、かれが生涯をかけて刻みに刻み上げた彫刻は、智恵子の生きのいのちであったのだ。夏の暑い夜半に光太郎は裸になって、おなじ裸の智恵子がかれの背中に乗って、お馬どうどう、ほら行けどうどうと、アトリエの板の間をぐるぐる廻って歩いた。愛情と性戯とがかくも幸福なひと夜をかれらに与えていた。「あなたはだんだんきれいになる」という詩に、(をんなが附属品をだんだん棄てると、どうしてこんなにきれいになるのか。年であらはれたあなたのからだは、無辺際を飛ぶ天の金属。見えも外聞もてんで歯のたたない、中身ばかりの清冽な生きものが、生きて動いてさつさつと意慾する。をんながをんなを取りもどすのは、かうした世紀の修業によるのか。あなたが黙つて立つてゐると、まことに神の造りしものだ。時々内心おどろくほど、あなたはだんだんきれいになる。)

この詩には光太郎が自分の性をとおして見た智恵子の裸体のうつくしさを、世間の人が決して喋れないヒミツであるものを、かれは彫刻にはゆかずに詩というもの、詩で現わせるために恥かしさを知らない世界で、安んじてこのように物語っていた。あなたがだんだんきれいになるという言葉は、よく解りうなずかれる言葉ではないか。

昭和十三年かれの愛妻智恵子は精神分裂症のまま死去した。かれは千代紙を智恵子にあたえ、精神病の人に紙の細工が心をしずめるということを聞いて、それで折鶴などを作るあわれな智恵子に、ふたたび不思議な愛情を感じた。智恵子は千羽鶴を折って訪ねてくる光太郎に、これを見せては笑った。高村は、「千数百枚におよぶこれらの切抜絵はすべて智恵子の詩であり、抒情であり、機智であり、生活記録であり、この世への愛の表明である。これを私に見せる時の智恵子の恥かしさうなうれしさうな顔が忘れられない」と光太郎は書いていた。

レモン哀歌

そんなにもあなたはレモンを待つてゐた
かなしく白くあかるい死の床で
わたしの手からとつた一つのレモンを
あなたのきれいな歯がりりと噛《か》んだ
トパアズいろの香気が立つ
その数滴の天のものなるレモンの汁は
ぱつとあなたの意識を正常にした
あなたの青く澄んだ眼がかすかに笑ふ
わたしの手を握るあなたの力の健康さよ
あなたの咽喉《のど》に嵐はあるが
かういふ命の瀬戸ぎはに

智恵子はもとの智恵子となり
生涯の愛を一瞬にかたむけた
それからひと時
昔山巓《さんてん》でしたやうな深呼吸を一つして
あなたの機関はそれなり止まつた
写真の前に挿した桜の花かげに
すずしく光るレモンを今日も置かう

岩手県稗貫郡太田村山口という山村に、疎開して山小屋にこもった光太郎は、六畳の板の間に三畳のうすべりを敷き、炉を仕込んだこの小屋の中には夜具類の一さい、火消壺、炊事道具の一さいをふくめた雑然たる一農耕者の住いにしたしんだ。六十三歳という年齢はこんな煤と埃の中でも、だまって暮らしてゆくのに好適な年齢なのである。昭和二十五年代の日本人は誰でもこれに近い暮らしだった。戦後の食うや食わずのくらしに誰でもここまで引き摺りこまれていたのだ。山口の村の突ッ端で、雑木林をうしろにしたこの小屋の中の光太郎は、そこから出て小学校でお話をし、村の青年に講演をこころみ、えらい先生になっていた。自分でえらい顔をしなくとも、村人は高邁な文士としてかれを畏敬していた。

かれはここの雑木林にさわぐ風や、雪の凍《し》みる枯草に心をとらわれ、智恵子への夜々の思慕にもえた。六十歳の人間には六十歳の性欲があるものだ。六十年も生きて見た数々の女体の美しい開花は、この山小屋の中でさんらんと匂い、かれは夜半に耳をかたむけてなんらかの声に聞き惚れ、手は女のすべすべした肉体のうえを今夜もまた、さまよいをつづけた。妻に先に死なれるほど、妻がうやうやしく美しく見えることはない、かれが智恵子への何十篇に超える詩を書いていても、それだけでは書きつくせるものではない、智恵子はかれの性慾の中に生きているのだ、この恐ろしい深まりはかれの性欲が涸れ切ってしまうまで、不測の継続を意味する。だからかれが死ぬまで、智恵子の肉体がかれのお腹《なか》のうえにあって、かれの胃と腸をあたためていた。かれが死ななかったら智恵子も死なない。小説家田宮虎彦もそのふたりとない妻をうしなって小説を書きつづけたが、それは田宮の中にいる夫人が死なないからかれは書けたのだ。つぎの夫人ができるまで彼女は生きているのだ。妻というものの恐ろしさはその生前もそうだが、死後のきよらかな妄執こそもっとも恐ろしいものだ。光太郎はうたっている。(画もかかず、本も読まず、仕事もせず、そして二日でも三日でも、笑ひ、戯れ、飛びはね、又抱き、さんざ時間をちぢめ、数日を一瞬に果す、ああ、けれども、それは遊びぢやない、暇つぶしぢやない、……後略)

光太郎はこの山小屋で毎夜智恵子への肉体幻想に、生きるヒミツをとどめていた頃、この山小屋にしげしげとわかい女からの手紙が、一週間に一度とか十日間に一度ずつ届いていた。ひとくちに言えばありふれた愛読者の手紙であった。しかしその手紙の冒頭にはいつも光太郎様とあるべきところに、今日《こんにち》はお父さん、ではまたお手紙をさしあげるまでお父さんは風邪をひかないでいてくださいと書き、ふしぎな言葉のあまさを含むお父さんという文字が続いて書かれていた。かれはこの異常な嘗てかれ自身が父にむかって呼んだ愛称が、この山小屋の中で日が晴れておれば、その晴れた日の中で呼びつづけられ、はしばみの裏の林に風がわたる夜中にも、雨戸のすきから柔しい父誦の愛呼がつづいた。かれは耳をかたむけ、そして頭の中をさぐって他人の娘が自分をお父さんと呼んでくれる嬉しさを、ついに、しっかりと捉えることが出来た。有難い彼流にいえばめぐみの一種類であった。かれはこのヒミツの愛称の内容にも次第に肯ずいた。彼女は言った。わたくしがお父さまと申し上げることが出来、そこに不安を感じない嬉しさはやはりこの称えによるもっとも相応《ふさわ》しい私自身のあまさでございましょうと書かれてあった。

太田村山口の村端れに、ある日はじめて新雪がちらついた昼すぎ、一人で雪を面白がって歩く少女が、小高い光太郎の山小屋をめあてに元気に歩くすがたが見られた。身のつくりも東京風であり小柄できりっとした眼付には、おさえきれない悪戯者らしいしかも無邪気な微笑をうかべ、畝道を歩いていた。

光太郎は雑炊を炉で煮ていた。

雪をはらう気はいがし、光太郎は誰方《どなた》かと立たないで呼びかけた。表の人は黙って立ったままだった。光太郎は戸を開けた間際、めまいをもよおすような若い女の肉顔を眼一杯にいれた。そして次ぎにはすぐあの人だなと思った。いつも手紙をくれるたびにお父さんと書く少女だったのだ。めまいは止み少女は炉の前にお行儀好く坐った。光太郎はスカートというものが近代のムスメ達の膝をいかにたくみに、抒情風につつみ上げているかということをその間際に感じた。

光太郎は永い間手紙を見ていたので、らくに話が出来たし、少女もすらすらと話をすすめた。ただ光太郎はこの少女の若すぎる生き身を感じるときに、智恵子とたった二人きりでいたことに気づいて、この少女をみるはればれしさにある抗議を自身の中に感じた。死んだ智恵子がいう抗議ではない、かれ自身がつくりあげる妙な抗議であった。少女は先生といい、手紙にあるお父さんなぞとは呼ばなかった。どこをさがしてもさし対いの二人のあいだには、お父さんなどという言葉は決して存在していない、それは手紙だけに用いられる装飾語であろうかと思えた。

少女は二時間しかいなかった。彼女を村の入口まで送って行った途中、お父さんなぞとお手紙に書いたりしまして、ご免遊ばせといい、光太郎は例の含み声で愉しく笑って別れた。

人体飢餓
彫刻家山に飢《う》ゑる。
くらふもの山に余りあれど、
山に人体の饗宴なく
山に女体の美味がない。
精神の蛋白《たんぱく》飢餓。
造型の餓鬼。
また雪だ。
（後略）

昭和二十七年十月、光太郎は七十歳、太田村の山村を去った。二十八年十和田湖畔に建つ裸婦像を完成、十月除幕式、この前後から健康を害し三十一年七十四歳で死去した。かれは最後の詩に、（智恵子の裸形をわたくしは恋ふ。つつましく満ちてゐて、星宿のやうに森厳で、山脈のやうに波うつて、いつまでもうすいミストがかかり、その造型の瑪瑙質《めなうしつ》に、奥の知れないつやがあつた。後略）と書いて、智恵子をしつこく慕うている。

光太郎の死後、あらゆる読物娯楽と演出演劇がよってたかって、光太郎と智恵子をめちゃくちゃに見せ物にしてしまった。劇ではひげの生えた光太郎と智恵子とが恋を物語り、恥かしい場面を転換した。映画では見るにしのびないかれらの恋愛が、演出された。ラジオもまたそういう愚劣をくりかえした。小説物語も（佐藤春夫の『小説智恵子抄』は含まない）また光太郎を引きすえて軽い書生流の恋愛道中を点出した。かれらは何が面白かったのだ。なんのウラミがあったのだ、なにを世間から受けさせるつもりで空騒ぎしたのだ、私はそれらの記述を新聞雑誌で読むごとに、うたた暗然として、聖人高村光太郎のために、どいつも、こいつも叩きのめしてやろうかとさえ憤激一日として安きを得なかった。その生涯の大きさと正実とをくしくも理想として抱いていたかれは、過失なくその大きさと逞しさ、その上に、こまかい鋭い人格完成をなしとげたのであるが、見世物の群衆はどんなわけからか彼の周囲に集まり、わいわい騒いだのであろうと私は思った。それは死んだ妻を恋うという一つの日本人が控え目にしていた現われを、光太郎は最後まで隠さなかったからであった。われわれ日本人は妻との情事はいつも死後も、これを草ふかき土中にうずめて悲しんでいた。ひとの前で語るべきではないという太極の上に立っていた。

光太郎の死は巨星墜つということばどおりのものを、私に感じさせた。巨星墜つというばかばかしいことばが、やはりかれの場合ふさわしく、それだけ私は依然距たりをおぼえていたのだ。巨星は映画演劇におもちゃにされたが、依然見事に聖人高村光太郎にびくとも影響をあたえていないし、そのために彼を軽く見るという境にまで行きつかなかった。

そして空騒ぎが済むとかれら興行師のともがらは、騒ぎをしずめて去って行った。私は人の生き方のまじめさ、性質にある善意識の透明さを、ずっと昔に感じたそれを、いままた残念ながら魅せられ新しくされた。私は詩の事を書くたびに光太郎に当っていたと先きに述べたが、この事で光太郎はいちども当りを返したことはない、かれはなにも読まないふうを装うて、私の悪口をゆるしてくれたものに、思えた。

一人の人間にはいやなところばかりを見せ、別の一人の人間にはいいところばかりを見せていた智恵子は、光太郎には愛する名の神であった。私が尊敬出来ないような智恵子にとっては、私それ自身は彼女に一疋の昆虫にも値しなかった。吹けば飛ぶような青書生の訪問者なぞもんだいではないのだ。それでいいのだ、女の人が生き抜くときには選ばれた一人の男が名の神であって、あとは塵あくたの類であっていいのである。つねに貴重な愛情を原稿のうえで売るような人間は、ついに聖人には達せられないが、高村の生きたあとのくそや悲しみを見ると、聖人ということばがはじめてその顔をちらりと見せたことに気づく、このばかばかしいことばが何と近い仲間のあいだに存在していたことだろう。智恵子さん曰く、四十何年か前に見た人がまたいやなことを書いているわね、なんてしつこい厭な奴！

萩原朔太郎

萩原朔太郎の長女の葉子さんが、この頃或る同人雑誌に父朔太郎の思い出という一文を掲載、私はそれを読んで文章の巧みさがよく父朔太郎の手をにぎり締めていること、そして娘というものがいかに父親を油断なく、見守り続けているかに感心した。

葉子さんは三十過ぎだが、ボンヤリとちょっと見たところでは、気の善すぎる、だまされやすく騙《だま》してみたいような美しさを持っている人だが、この父朔太郎の思い出をくぐり抜けている葉子さんは、なかなかの確《しっ》かりした人で、騙そうとしても引き返さなければならない程の、愉快な手応《ごた》えを見せていた。

萩原は他人と話をするときには、対手《あいて》の眼にぴたっと見入らずに、伏眼がちにチラチラと横眼をしている間に、対手の眼を見返す妙な癖があった。私は彼の印象を書く折にそれをどう現わすべきかに、適当な言葉に気付かずにいたが、葉子さんはそれを「父は怯《おび》えたような眼付をし、まともにわたくしを見なかった。」と見抜いていて、私は葉子さんはよくお父さんを見ていたと思った。幸田文さんの『父の思ひ出』、森茉莉さんの『父の帽子』も、彼女らの出世作になり遂に名才媛になられたが、わが葉子さんのその一文にも心理のあつかい等も文章の内容にあって、詩人の娘であり骨肉は文字の間に通じていることを知ったのである。北原白秋が或る時私におかしそうに言った。「萩原って妙な男だよ、自分の娘の事を話しする時にもきまり悪げに羞かしそうにするんだよ、自分の娘なんだよ、それが君。」と、萩原朔太郎の心に何時までもあるいじらしさを指摘して言った。だが、この問題は私自身にしても、自分の娘の話をするときには鼻白むを感じるし、少々困るふうもする。だいたい父親という奴はムスメの事になると、急にしなくともよい、てれ隠しの低い喉の息払いの一つもして、今まで冗談を言っていたのに、急にマジメくさった顔付になるものである。ムスメというしろものは父親にとって実に厄介千万な物であって、同時にいささか沽券をつけたいしろものでもあるのだ。萩原ははずかしそうに娘のことを話したのは、白秋のとり方は大げさであったろうが、萩原が知らない間にこんな表情をしたことは、やはり萩原という人がどんなに匿していても、かくしきれないいじらしさを持っていたことが判るのである。

萩原は結婚十年くらいで、第一夫人稲子さんと話しずくで別れていた。葉子さんも結婚して四、五年で別れていた。葉子さんは萩原の死後その母親の稲子さんが北海道にいられることを知ると、朔太郎全集の印税が沢山はいっていたので、どうにもお母さんに逢いたくなり耐えきれずに、飛行機で北海道に飛んで行き、お母さんを東京につれて来たそうである。書物のお金が沢山はいった嬉しさがそうさせたせいもあるが、母というものが十年も十五年も別れ住んでいても、一旦逢いたくなって綻びがとけかけると、どうにもならなく逢いたいものらしい。葉子さんは自分の倖せをせめて半分でも分けたい気で、お母さんを東京に呼んだのである。葉子さん自身も夫にわかれた直後であったので、母と娘とがどういうふうに物語りをすすめていたことか、ただ、私はありがたい事というものは、こういう事をいうのだろうと思った。

萩原朔太郎はくすんだ情熱は持っていたが、気は弱く控え目で、そんな飛行機に乗って北海道にまで出掛ける人ではない、どんな場合でも思い切った事は出来ない人である。併しこんな伏眼がちで怯えたように人の顔も、まともに見すえるということをしない彼が、生涯五十七年の間に、先妻にも別れ、また後の妻にも別れていた。どんなに威張り返っていてその妻と毎日ケンカ口論をしていても、一旦奥さんというものと相伴ったら、なかなか別れるなどとは思いもかけないことである。威張れば威張る程別れられないし、ワカレルワカレルといっても、胴締めはワカレルという言葉のたびに、勁《つよ》く締めつけられるのである。或る金持ちの男は妻の一生食えるだけの有金を渡して、やっとこさ別れた。そして彼は一文無しになって気がつくと、明日から何をして食って行ったらいいかさえ判らない、けれども彼の本心はただ別れたい一心があったのだ。だがわが萩原朔太郎はなんの苦もなく、先きの妻に金をあたえ、あとの妻は妻の方から出て行った。そのあとの妻の君は私に後に萩原ほどいい人はいないと、別れたあとでもよくいらっしゃるし、わたくしもお机を出してお仕事をすると仰有《おっしゃ》れば、夜はおそくまで好きなようにおさせしていましたと言った。では何故お別れになったのだと聞くと、なにぶんにも人物がぐにゃぐにゃなところがあって、可愛がってくださるのやら、そうでないのやら、一向たよりになろうとしても、たよれなかったと彼女はぐにゃぐにゃが主な原因だといっていた。もっともわたくし自身あまりにも若かったからと言い添え、いまなら別れはしなかったでしょうと萩原死後十年目に、彼女は二十七歳の若さで五十何歳かの萩原と結婚したが、当時はまだコドモで何にも知らなかったからと、その別れを彼女は私を訪ねて来てくやしがっていた。彼女は東北の大きな酒造家の令嬢で、萩原は見合いに行って肝じんの見合いの人よりも、お茶を持って出た彼女の方が美しかったので、あべこべに求婚したのである。

大概の気強い威丈夫な男連が、一生粉身砕骨しても別れられない夫婦関係を、萩原は見事に二度までやって退けたのは、よくよくの事情があるにしても、彼自身のぐにゃぐにゃが、いかに硬骨のお偉ら方にくらべて大したぐにゃぐにゃであったかが判るのだ。つまり萩原という人は一度も子供に怒ったことがないし、母とか父の命にそむいたこともなかった。自分の妻を叱ることもなかった。何でも、あ、よしよしといい、そうか、そうしたまえ、それがいいと言うように強い意志を示すものは、原稿になにか書く時の外は滅多に現わさなかった。原稿の上では急に人が変り顔が変り彼の生活が変り、ぐにゃぐにゃさんがカンカン男になり、カンカン男が哲学者の鉄兜をかぶり時折ニイチエの義眼《いれめ》をはめこんでいた。泥酔すれば道路の上でも、停車場のベンチに横になることは勿論、電柱にすがり付いたまま動けずに眼をとじ、警官が来ればいま何時ですかと敢て質問する夜半の紳士である。毎晩彼は町に飲みに行くときはあらかじめ拾円（昔の）くらいきちんと持って出ていたから、金は落しても財布には幾円ものこっていないのだ。これは偶然ではなく泥酔すればめちゃくちゃになるので、金は拾円しか最初から持って出ないのであった。マントの前釦は一つしかかけていないし、ふだん着のまま古下駄をはいていたが、ときには近くへは素足のままであった。家に戻れば梯子段をとぼとぼと千里の峠を踰えるように登り、すぐ床にもぐり込むのだが、声量あざやかな前夫人は、（つまり葉子さんが呼んでつれて来たところの）眼の美しい彼女は、いまごろ何処まで行って飲んでいたのよ、服も帽子も泥ンこじゃないの、毎晩毎晩なにが面白くてほっつき歩いているのよと叱っても、わが萩原朔太郎は、ふ、ふ、と笑って、まあそこに坐れよと言うのである。そして目をとじるとどんなに起してももう眼はさまさなかった。何たるぐにゃぐにゃさんだったことか、女給サンなんぞさんざ美しいのを見て来てさ、坐れもないもんだとまだ彼女は洋服をたたみながら言っても、とうにわが愛する友は寝込んで了って、なにも耳の中には妻の言葉ははいらなかったのだ。

家　庭

古き家の中に坐りて
互に黙《もだ》しつつ語り合へり。
仇敵に非ず
債鬼に非ず
「見よ！　われは汝の妻
死ぬるとも尚離れざるべし。」
眼《め》は意地悪《あ》しく　復讐に燃え　憎々しげに刺し貫ぬく。
古き家の中に坐りて
脱《のが》るべき術《すべ》もあらじかし。

我れの持たざるものは一切なり

我れの持たざるものは一切なり

いかんぞ窮乏を忍ばざらんや。
独《ひと》り橋を渡るも
灼《や》きつく如く迫り
心みな非力の怒に狂はんとす。
ああ我れの持たざるものは一切なり
いかんぞ乞食の如く羞爾《しうじ》として
道路に落ちたるを乞ふべけんや。（後略）

前橋市にはじめて萩原朔太郎を訪ねたのは、私の二十五歳くらいの時であり今から四十何年か前の、早春の日であった。前橋の停車場に迎えに出た萩原はトルコ帽をかむり、半コートを着用に及び愛煙のタバコを口に咥えていた。第一印象は何て気障《きざ》な虫酸の走る男だろうと私は身ブルイを感じたが、反対にこの寒いのにマントも着ずに、原稿紙とタオルと石鹼をつつんだ風呂敷包一つを抱え、犬殺しのようなステッキを携えた異様な私を、これはまた何という貧乏くさい瘠犬だろうと萩原は絶望の感慨で私を迎えた。と、後に彼は私の印象記に書き加えていた。それによると萩原は詩から想像した私をあおじろい美少年のように、その初対面の日まで恋のごとく抱いていた空想だったそうである。

萩原は面白くない顔付で利根川の川原の見える、下宿にあんないしてくれ、私はこの気障な男が夕方来たときには、伊勢崎銘仙の羽織を着込んでいて、到底、洋服を着て一緒に散歩する対手《あいて》でないという意味で、半コートも茶の洋服ももう着ていなかった。着のみ着のままの私は上州の空っ風の中の下宿に、ひと月ほど滞在した。当時、貧乏な詩人仲間は東京の下宿を食いつめると、地方にいる投書家詩人で比較的余裕のある家に、一と月とか二ヵ月とか滞在して食い延しをし、帰京後は先の下宿をすっぽかして新しく宿をとる転換期を用意していたものだ。勿論、私もその心算《つもり》で前橋に出かけたのであるが、結局、萩原から汽車賃を出させ下宿料も払わずに帰京したのである。萩原は後にどうも変な奴だと思ったが、まんまと一杯食わされたといい、私ははじめから一杯食わすつもりで出掛けたのだと言って笑った。小説を書いて金がはいるようになってから、私は何時もすすんで勘定を払ったが、彼は笑いながら殊勝な心がけだといい、ではおれはチップを払おうといって彼はいつもそれを払っていた。今日はおれは五円だけ出すから、あとはお前払っとけと萩原はいい、酒後へべれけになった萩原にこれは先刻預かった五円だから持って行け、新宿でまた一杯飲まなければなるまいというと、あ、そうか、五円まだ持っていたかと、五円紙幣をポケットに捩じ込み、また会おうと二人は何時も仲善く別れた。何時でも酒が仲にはいっていたが、女の事で張り合ったこともなく、文学論なぞしたこともない。私はお金がとれる愉快さに濫作に昼夜を上げて書いていたから、金では萩原に負け目《ひ》はなかった。或時君の妹に何か購《か》いたいがというと、お前におれの妹が買物をして貰うというばかなことがあるか、買物ならおれがしてやる、冗《くだ》らない事をいうなと言って私は叱られた。彼はゆき子さん、みね子さん、かね子さんに何子さんというふうに、たくさんの妹の美人達を持ち、それが外の女達から振られでもすると、家にもどって妹達を見ると振られたことも薄らいで来て、すうとするらしく、彼は青天白日を感じていた。

　萩原と私の関係は、私がたちの悪い女で始終萩原を追っかけ廻していて、萩原もずるずるに引きずられているところがあった。例の前橋訪問以来四十年というものは、二人は寄ると夕方からがぶっと酒をあおり、またがぶっと酒を呑み、あとはちびりちびりと飲んで永い四十年間倦きることがなかった。帽子をあみだにかむり敷島というタバコの吸口を噛みちらし、膝には酒はこぼし放題になった萩原は、突然、眼をさましたような正気づいた眼付をして、こうしてはいられないという気確かさを見せて、君、おれは失敬するといって立ちあがることがあった。その瞬間には新宿のいんちき酒場の亡霊共がものすごく彼を招くのだ、彼の乱酔の渦中に女どもが叫んで彼の帽子を脱がせ、上着から財布をもぎ取り、髪をむしり脇の下をくすぐったりする女どもが、白ねずみのように股ぐらを駈け廻るのである。そして私共はその事のゆえで何時も別れた。何だい、泥くさい女がそんなにお前に向くのかとなじると、むっつりして何時までお芝居を続けるようにバーに坐り込む心算なんだ、行儀見習にバーに来ているのかいと彼は叫んで去って行った。振られた年増女の私は間もなく腰を上げ、表に出るのであるが、あんなに飲んでいいのちに別状ないものか、あんなだらしのない奴はないと呟やいて見たものの、私はそのままでは帰れなかった。次ぎのバーに行って黙りこくって飲み、振られた女のしよう事のない沈黙ばかりで、そんな萩原と別れた晩は何処に行ってもおちつきがなかったのだ。

明治十九年（一八八六年）十一月一日　群馬県前橋市北曲輪町十九番地　萩原密蔵の長男として不世出の詩人萩原朔太郎は生まれた。つまり私は明治二十二年生まれであるから彼は三つ年上である。同四十三年（一九一〇年）二十五歳で岡山第六高等学校中退。

大正二年（一九一三年）二十八歳　北原白秋の主宰の雑誌『ザムボア（朱欒）』にはじめて抒情詩六篇掲載、その同じ号に私も詩を投書して掲載されていた。この年に私は彼から手紙を貰い、ついに親友となった。（北原白秋伝参照）大正三年山村暮鳥と私と萩原で人魚詩社を興し、四年私は金沢で『卓上噴水』を創刊、同年五月に第三号を発刊して廃めた。これには萩原が拾円出資、当時、詩人の間で詩の機関雑誌を出すことが、文学地盤の確立の上からも流行していた。

大正五年（一九一六年）三十一歳　山村暮鳥、多田不二、竹村俊郎、恩地孝四郎と私などで、詩の雑誌『感情』を創刊、この表題は萩原が付け、三十何冊か発行された。私が、これの編集に当り同人は五円ずつ金を出し合った。

大正八年（一九一九年）三十四歳

第一夫人稲子さんと結婚した。稲子さんは加賀藩の図書掛長の娘。長女葉子、明子さん生まる。十四年上京、一家は大井町の郊外のような処に住み、私は暑い日に草の丈の高い野っ原の中に、かれの家を見つけた。夫人稲子と二人の娘との生活費は、その当時の金で父君密蔵さんから毎月七十円ずつ送られていることを萩原から直接私は聞いた。書留郵便だと金がかかるといい、前橋では振替口座に加入していた。

大正十四年（一九二五年）四十歳

私が田端にいたので、田端の入口の藍染川近くのお稲荷さんわきに住んだ。私は彼を誘うてやはり酒を飲んだ。十一月に鎌倉材木座に移ったが間もなく大森馬込町に転居した。ここで彼は第一夫人稲子さんと永い夫婦生活を断った。彼の乱酒行のもっとも甚だしい時であった。私は彼のすすめで彼の家近くに引っ越し、今日に至っている。

昭和七年（一九三二年）に北沢に彼は遺産で家を建てた。まわりは悉く渋いココア色で塗り潰した家である。彼はこの家で若い第二夫人を迎えた。その年の夏、はじめて軽井沢に別荘を借りて住み、私と萩原は夕方五時半の時間を決めて町の菊屋で落ちあい、ビールを飲んだ。若い時分のくせをこの避暑地でうまく都合つけたのも、よい思いつきであった。彼は五時半には菊屋に現われ、私もその時間におくれずに現われた。そしてビールを二本あけると二人は別れた。彼は若い妻のいる別荘へ、私は自分の家へ、そして私達はそれぞれにあらためて家で晩酌の膳についたのである。併し彼の別荘借りは一年しか続かなかった。

昭和十七年（一九四二年）五十七歳

これが萩原が死んだ年号と、歳である。私はいま自分の年齢で計算してみると萩原よりも十二年も横着に生きのびたことだ。運がよいのか悪が強いのか、お前みたいにズルイ奴はいないよ、十二年も生きのびるなんていい加減にしろと、萩原朔太郎は笑いながらいうかも知れない。ほんとに済みませんです、うかうかと生きて来て了ったが、多分僕もそろそろお暇をいただく時分だから、君にも会えそうな気がするが、どこでどう会うものか、誰も死から還って来た人が喋ってくれたためしがないからね、併し十二年も君より余計に生きていたことは、何と言っても申訳がない、つい、昨日のように思えるが、生きていて物を書くということは偉大なる暇潰しであり、その事のためにずるずるに生きて来たのだ。君とはお互にどちらが先きに死に、どちらが後にのこるということを話し合ったことが、不思議にも一度だってない、君は後事を托するということを決して口にする人ではなかった。そこに他人のうかがえない心の守りを持っていたことは確かである。そういう事を人に言うことが嫌いなたちなのだ。

郵便局の窓口で

郵便局の窓口で

僕は故郷への手紙をかいた。
鴉《からす》のやうに零落して
靴も運命もすり切れちやつた
煤煙は空に曇つて
けふもまだ職業は見つからない。

父上よ
何が人生について残つて居るのか。
僕はかなしい虚無感から
貧しい財布の底をかぞへて見た。
すべての人生を銅貨にかへて
道路の敷石に叩《たた》きつけた。
（後略）

あまり親友であるために、その真髄のあたいが判らないことがある。判っていてもその半分は萩原の場合に、私自身の中に溶けこませていたからだ。私は多くの萩原の評論風な、たとえば「新しい慾情」とか「虚妄の正義」とか「絶望への逃走」とかいう哲人風な感想論評には余りこれを迎えなかった。萩原から言わせるとこれらの虚無の世界で、たえず明りを見ようという希《のぞ》みこそ、彼の生涯をつらぬいた逞しい意欲であったのである。併し私は元来評論嫌いであったからこれを愛読するに至らなかった。萩原は七、八冊のノートに書きこんだ評論を暇にまかせて、どこから出版されるというあてなしに書きためていた。非常に早く書く方でありその辞句のあやつりも巧みであって、ああいう一見だらしのない人物が、よくも秩序を保たなければならない論文が、すらすらとながれる如くに書けるものだと思っていた。私なぞ評論風なものを二、三枚書くのにホネが折れ、うまく文章が連れ立って来なかった。彼は小説はむつかしいが評論は訳がないといい、私は小説は書けても評論はひちくどくて書けないといっていた。彼はいかなる場合でも文章の中心になる評論の語彙を捉えることに素早く、私はあちこち眺めていて彼のつかう適切な言葉さえ拾えなかった。口惜しまぎれに君の論文なんてあり来たりの評論的な語彙の掻き集めであって、ぴちぴちした生きた事なんか一つも書けていないじゃないか、読めばさかんなる勢いに悲哀の曇天をつかって、どれもこれも同じものばかりだというと、君なんぞ新聞の社会面のような冗《くだ》らない小説ばかり書いている奴には、人間の意志のかがやきなんて一つも判らないんだと彼は罵倒した。一たい、人間の意志のかがやきなんて、それは何物を形容していうのか、意志のかがやきなんてことを麗々しく言うところから嘘がはじまるのだと、私と彼とは酒も手伝って或る晩なぞ果しなく憎み合って議論をしたものだ。

評論風な感想

抜書き一、（泥酔の翌朝におけるしらじらしい悔恨は、病んで舌をたれた犬のやうで、魂の最も傷々しいところに嚙みついて来る。夜に於ての恥かしい事、醜態を極めたこと、みさげはてたる事、野卑と愚劣との外の何物でもないやうな記憶の再現は、……後略）

その二、（あまりに野卑な趣味に於て、露骨に見せつけられた性慾行為は、我等にまで何の快い色情の春景色を感じさせる事なく、却つてあの「淫猥」といふ不快至極の悪感、よつて以て印象から顔を背けさせるほどの悪感を起させるであらう。げに淫猥とは「色情を呼び醒すもの」といふ意味の言葉でなくして、却つて色情を氷結させるもの、それ自ら色情的不潔を感じさせるものを概念してゐる。後略）

第二夫人と別れてから、だいぶ経ってからかれに愛人ができていた。酒の座でそれをチラと言葉にはさんだことがあったが、私はその人を見せろと迫って見ても、君の好みと反対な女だからと、固く守ってついに私には一度も会わせなかった。あれほど正直で隠すことをしない萩原が、最後まで会わさないで、愛人の事におよぶと憂鬱そうに顔をそむけ、美人でないから見せないんだと言ったきりであった。愛人ができると親しい友達に見せたいのが人情だが、かれは愛人に関しては手強く沈黙をまもり、冗談にもその女のことは口走ることがなかった。私はその口固い秘色もそうあろうし、そうなければならぬことを思い、酒行の別れぎわにじゃ行って来たまえ、たまに僕の話でも出るようだったら宜しく言ってくれと、言《こと》づけて劬《いた》わりたかったのだ。かれは愛人の家でも朝から酒にしたしみ、泊りこむこともあった。母親おもいのかれが泊りこむということも、よくよくの愛情に惹かれていたものであろう。父からうけた遺産は母親に委せ、それには一銭も手を付けなかった彼は、外からはだらしのない男に見えていても、母親を悲しませたことは一度もしていない、彼はいつも正気を持って酒の中であぶあぶやっていて、そのために遺産に手を付ける男でなかったのだ。

その愛人は間もなく病死したが、身寄りのない人らしく、彼自身もうそ寒そうに愛人のまくらべに坐っていたことを思うと、萩原のくらし向きも情事のことでは複雑に何時も入りみだれていて、「抜書ノ二」のような意味の判らない物も書いていた。頭のよい人であったが此の「抜書ノ二」は文脈自らくずれていて、宿酔のみだれが仕事にくいこんでいるようであった。私は或る詩人に萩原の愛人は美人かと羨ましそうにたずねると、いやはや美人とか何とかいう女じゃないよと笑って言い、併し善良この上なしの人でね、そこに萩原は嘗てないものを見付けていたんだと或る詩人は言った。私は何も彼も判るような気がし、彼女の死を傷《いた》んだ。聡明な女の人から愛せられることのない私や萩原に、死ぬまでついて行ったこの女の人のえらさは、やはり女としてすぐれた人であったにちがいない、バカでもすぐれて居れば偉いのだ、すぐれたバカというものは婦人代議士もおよばぬ肉体の雄弁を持っているものであった。日本でも三本の指を屈せられる詩人が最後にえらんだ女の人は、えらばれる沢山なものを持っていたことは確かである。初恋と終愛とが人間の死を飾る額ぶちのおさえであったら、かれの場合、この人こそ何にもいわないでただ愛してだけいられた平和を、かれに充分にあたえた立派な萩原の第三夫人であろう。僕もまたペンを浄めて深くいまここに悼まざるをえないのである。

かれは若い日に偶然に、この一詩をものして誰かにささやこうとしたが、ここまで来ると一篇の詩もまた先きの何十年かを予測してうたわれたように、私にはしたしく愛誦することが出来るのである。

艶めかしい墓場

風は柳を吹いてゐます
どこにこんな薄暗い墓地の景色があるのだらう。

(中略)

どうして貴女《あなた》はここに来たの
やさしい　青ざめた　草のやうにふしぎな影よ
貴女は貝でもない　雉《きじ》でもない　猫でもない
さうしてさびしげなる亡霊よ
（中略）
妹のやうにやさしいひとよ
それは墓場の月でもない　燐でもない　影でもない　真理でもない
さうしてただなんといふ悲しさだらう。

先きに死んで行った人はみな人がらが善すぎる、北原白秋、山村暮鳥、釈迢空、高村光太郎、堀辰雄、立原道造、福士幸次郎、津村信夫、大手拓次、佐藤惣之助、百田宗治、千家元麿、横瀬夜雨、そしてわが萩原朔太郎とかぞえ来てみても、どの人も人がらが好く、正直なれいろうとした生涯をおくっていた。

ここに一枚私が加わるとすれば悪小説家で煮ても焼いても食えぬしろものかも知れぬ。しかも皆さんの事を号を追うて書くにいたっては、ますます煮ても焼いても食えない奴ということだけは、確かである。

釈　迢　空

ある年、放送局からたのまれ、私は釈迢空の詩を朗読放送、それにみじかい評釈を加えた。その日のことを迢空に知らせると、迢空は出版書店に電話で態々それを知らせ、二、三の知人にも電話や速達便を出して聴取するように注意をしたが、お弟子の岡野弘彦は、折口先生はその事をたいへんに喜ばれ、その日は外出しないで放送時間の来るまでお茶を喫み、縁側に出たりして待ち設けていられたと、後で私に話をされた。

釈迢空の詩は巧みなことばに溢れていて、古いことばをつかっても、にわかに冴えて生きて来る術を知っていた。危ない古語のつかい方が危なさをうまく融和させ、かえって鮮かさを加えた。文学博士折口信夫の学問にあるあふれるばかりの古語比喩は、二十歳の青年詩人がもつ若い眼で、選ばれうたわれ、臆することのない大胆さで馳駆されていた。学問というものをこんな詩の形のうえに引き出して、特異の世界をつくり上げた人はまれであった。文学博士ともいわれる人物が私の詩の朗読放送を一々電話で出版書店に知らせたことにも、子供らしい清い勇み方があった。それだから、迢空は詩を書くたびに幼ない詩人のあえぎを捉えることが出来たのである。

私は釈迢空に会うと、すぐ額にある黒ずんで紫がかった痣（あざ）を、まず何よりも先に眼にいれた。痣はあざだった。どこまでも痣にかわりがなく、おしゃれの迢空が顔を剃るたびに悲観し、これをいかにして抹殺すべきかに心をつかっていたことだろうと、よそ事ならずに私はそう思った。若い時分の友人らはこの痣をインキと呼んでからかったが、迢空はそのため「靄遠渓《アイエンケイ》」という号をもちいて、他人のからかいを封じているふうもあった。迢空が学者とか歌人とかで偉くなってから、誰一人としてこの痣のことを彼の前で、あなたの痣はどうしてそんなにインキの色をしているのですか、そしてお幾つからそれがどんな原因で額を禍いしているのでしょうかと、訊く人はなかった。この無礼な言葉が彼の愛していた人間からも聴くことがなく、また自らこれはね君、ずっと大昔からくっ付いていたんだとも言う機会のなかったことが、やはり一つの聴きもらした生涯の質問でもあり、誰もそれを言ってくれなかったことに、痣の手負いの深かったことを知られたのではないかと思った。

吃りはその吃りを判然とそう言ってくれる人の前では、もはや吃りではなく、すらすらと喋れるものである。足の不自由な人には足はちんばでも、そういうことは生きるに問題ではないと言うと、ちんばの人も憂鬱を吹っ飛ばすものである。私の額に迢空のような痣があったら、私はまず一篇の詩を書いて、このあざを見るひとの胸をぐっとつまらせて見せたかった。

痣のうへに日は落ち
痣のうへに夜が明ける、有難や。

昭和二十七年七月のある日、私は軽井沢の愛宕山の中腹にあった山小屋に、迢空をたずねて露台の椅子の上で対坐していた。雨の多い年で見渡すかぎり濡れた木々、昆布色のうすぐらい曇った空気が、まだ午後の三時も廻らないのに、日暮れめいた鬱陶しい景色を幾重にも木々のかたまりを重ねて見せていた。迢空は白の碁盤縞の浴衣を着て、この人らしく戯談一つ言わない窮屈さで、とぎれがちな話を私達は交わしていたが、この年の翌年の初秋にはもう迢空は死んでいた。だから後になって私は、この最後の訪問が憂鬱で鬼気の迫ったものであることを、無言と無言の間にいまから汲みとらぬわけにゆかない。その日は話というものが後に印象づけられることが一つもなかったこと、かなり重大な無言だったことに気づく。懐中汁粉というものをすすめられ、私は世に厳粛な顔付で啜ったものである。そして迢空博士も客にすすめたからには、これも美味しそうに食べざるをえなかったらしい。迢空の身の廻りのことをされる岡野弘彦も、自分で作った懐中汁粉をうやうやしく、べつの、少しはなれた椅子の上ですすっていた。迢空の身の動きの些細な事にも、私が煙草の箱からつまみ出すかさかさいう音の中にも、お互いの無言を知り尽したくらいである。私の眼はそのあいだにもちらりと迢空の額の痣を見て、山小屋の暗いじめじめした中で、今日はほとんど、痣という感覚のないほど額の痣が暗さに紛れていることを知り、私の悲しみがそれに集まらないのを嬉しく思った。

長き日の黙《モダ》の久しさ　堪へ来つゝ、このさ夜なかに、一人もの言ふ
人も　馬も　道ゆきつかれ死にゝけり。旅寝かさなるほどの　かそけさ
ひそかなる心をもりて　をはりけむ。命のきはに、言ふこともなく
ゆきつきて　道にたふるゝ生き物のかそけき墓は、草つゝみたり
山岸に、昼を　地《ヂ》虫の鳴き満ちて、このしづけさに　身はつかれたり
この島に、われを見知れる人はあらず。やすしと思ふあゆみの　さびしさ
静かなる　ひと日なりけり。日ねもすに　心ねもごろのふみを　書きたり
あやまたずあらしめし　かのをみな子も、かつ〴〵　我を　忘れゆきけむ
青空の　うらさびしさや。麻布《アザブ》でら　霞むいらかを　ゆびざしにけり

その日の帰りに、沼空は私を送るために山小屋から、雨でつぶれ川になった山道を一緒に下りた。真中が掘られた山道はがらがらの小石と泥で、飛び飛びにぬかるみを避けて歩かなければならなかった。

「あの男の歌は全部はったりですよ。はったりを取ったら何ものこりはしませんよ」

沼空はこの人には、まれに見る激しい口調でそう言い、心の憤りが足もとに勢いづいて、石を避けてがつがつ歩いたが、足もとが危なかった。ふとした話で私は沼空の怒りというものを見たのだ。

この山小屋から町への買物は、伊馬春部が送ってくれた自転車で岡野がしてくれる、自転車は町の入口に預けてあるという話であった。愛弟子で私の知っているのは小谷恒、伊馬春部、岡野弘彦、加藤守雄、小笹功、藤井春洋くらいだった。それらの愛弟子は、ことごとく眉目清秀の人達であり、終生妻というもの、女というものに近づかなかった沼空は、わかい男のこちこちした頰の、そのこちこちの中に何時も愛情をおぼえ、とりわけ従順とか反抗を読みとることで、女にあるものよりも、もっと手強いくらくらした眩暈状態のものを愛していたらしかった。

藤井春洋はそのもっとも愛された人、藤井春洋は二十三の時から硫黄島で戦死するまで、沼空の身の廻りや雑誌社出版社、講演、金銭の出入れまで、沼空のいうままに仕事をし、二人は兄弟のように仲善く、或る時はわかい二十三の妻と、四十二歳の男とが暮らしていたのである。藤井春洋は眼は大きくいきいきしていて、頰はいくらかあお白く色の変らない、がっしりした体格を持っていた。講演、講義、町の食事、歌舞伎、調査旅行の何処にも藤井は連れ立った。

死歿十何年か前、軽井沢の私の家に、二人で牡蠣を貰ったからといい、牡蠣を籠に入れ、竹竿の真中にそれをぶら下げて、よいしょ、よいしょとかついで搬んで来たことがあった。私に牡蠣をくれる事よりも二人でかついで来たことが面白かったらしく思えた。藤井の頰ははずんで女にも見られるこちこちが、そのこちこちのゆえに歯がゆげな爽快があった。

またの別の日、迢空の使で藤井は私の東京の家に、その著書を度たび、とどけてくれたことがあったが、その折は先生とは言わずに、折口があがるはずですがといい、折口と呼びすてであった。

またのある日、京浜電車の中で迢空と会ったが、やはり藤井の白い顔がそばに連れ立っていて、それは此方へと何かの包みを藤井が迢空の手から、持ちかえていた。

また別の日にはすぐ折口があとから来ますからといい、藤井は私の家の庭にある縁台に腰を下ろして待っていた。手を膝の上に置いて庭に眼をやる藤井は、二重瞼が大きく開けていて大きな娘さんのように見えた。

昭和十六年十二月、迢空は藤井が入隊するので、第九師団のある金沢まで送って行った。七聯隊は兼六公園とならんでいて、兵隊は石川門から入隊していたが、身動きも出来ない入隊者と見送人の間を、このただならぬ愛弟子と先生が人にもまれながら戦雲此処にも漂うかと思える、混乱の中をじりじりと兵営に向って歩いていた。沼空は入隊前からもそうだが、今もこの藤井がそばにいなくなるということが、自分にどういう空っぽな日々をおくらせるかということを、周囲の群衆がざわめく程、痛切に感じた。藤井はむしろぽかんとした睡眠不足の眼を、何処に何を見ているかも自分で判っていない風で、やはりじりじりと人に押されて歩いていた。この年の遅い雪が兵営の屋根の上にちらつき出している……。

正午近く藤井は兵隊服を窮屈に裸になって着替え、沼空は襟元を引いてやり、そしてズボンをすぐはけるようにひろげて差し出すと、不機嫌になっている藤井は邪険にそれを引きたくり、僕は一人で着ますよ、打棄って置いてと変った声音で叱った。それは度たび叱ることがあるので、沼空はすぐ着なれてしまうよとばつを合せていってみたが、藤井は塩からい眼に悲しそうな容子を見せまいとして、兵隊服なんかに着なれてたまるもんですかと言い放った。しかし陸軍少尉の制服ははじめて沼空の眼に、映画に見る好ましい外人部隊のある一士官の恰好を捉えることができた。肩章にある二つの金色の星は、いつも著書の背中に金文字を愛するかれに、好感と、りりしさを与えてくれた。

藤井はやはり怒った顔付だったが、さすがに沼空がたたむ背広の生あたたかい服を自分でたたんで、それを風呂敷に包みこんだ。まもなく点呼の時間が来て迢空は包みを提げ、藤井は広場の点呼場に去った。迢空はもとの石川門から公園の土手に登って、もみじの濡れた落ち葉にうつる空と雪とを見て、それを踏んで公園の坂を下りて行った。かれの抱いた虚しさは展がる一方であり、召集されるということは同時に戦死することに間違いない、そのころの日本人のいのちの約束事だった。だから藤井の死を見送ると同じ意味なのだ。

だが、翌年藤井は召集から解除され、十二月に退営、迢空はこれを迎えに長時間の、その頃の混乱した列車に乗りこんだ。かれの心にふたたび倖せが展がり、虚しいものが消え失せた。公園わきの小立野に宿をとった迢空は、藤井と冬の兼六公園を歩き、町を歩き、料理店で蟹料理、鱈の料理をたべ、迢空の不思議な愛情は藤井の大きい眼にそそがれ、藤井は迢空の眼が危なくなると、炬燵から出て少し大声になって言った。

「こんど召集されたら硫黄島あたりで、お陀仏ですよ、まるで命を誰かに吊られているようなものだ。」

金沢の愉しい三日間は過ぎた。翌年か翌々年かに藤井はふたたび金沢の兵営に入隊、迢空は例の長い列車に乗り込んで金沢まで付添うて行った。わかばの兼六公園は美しかったが、こんどは本物の戦地行きに決まっていたので、迢空はぞっくり心の肉をくい取られ、前の年と同じ生温かい藤井の背広をつつみ込んだ風呂敷包を提げ、兵営を出て公園の坂を下りた。迢空はむなしい考えの中で藤井春洋を養子として、籍を入れ、愛情のうえに法律というものを取り入れることに、ふしぎな熱意をおぼえた。かれが詩の作為に古語をちりばめるくせが、この人事のうえにも現われて来たのだ。かれは法律に好意を感じたのはこの機会ばかりであった。

藤井春洋は昭和二十年三月、四十歳で硫黄島で戦死した。その前年、昭和十九年七月、春洋硫黄島着任直後、七月二十一日に迢空は藤井を養子として入籍したのである。十七年間にわたるいたいけな一文学博士折口信夫と、歌人藤井春洋の世にもまれな愛情生活がここで、おわりを告げた。能登の浜べに「折口春洋ならびにその父信夫の墓」と誌された二人の墓が相ならんで築かれ、「人も馬も道行きつかれ死にゝけり」とうたったそれが、迢空自らのうえにも加えられていた。これを書く私にすらいずれは来るはずのそれを、いか様にしても人間は拒むことが出来ないのだ。

新盆

盂蘭盆会《ウラボンヱ》　近づきにけり――。
しづかなる空に　むかひて
なげきせむ我と　思《モ》ひきや――
（中略）

わが子は　つひに還らず――
わが子を　いつとか待たむ――。
わが子の果てにし　島に、
　しづかなる月日経行きて、
　そのあとも今は　消ゆらむ――。

日曝《ヒザラ》しにさらす　毛ごろも
ありし日の汝《ナ》が服《フク》見れば、
　染め深き青鈍《アヲニビ》色も
かくならむ兆《サガ》の喪《モ》の色――。
　かくなりて　何か思はむ。

　盂蘭盆の棚をつくりて
　供へたる野山の物の
あな寂し　色ぞ花やぐ――。
芋《ウモ》　瓜の牛馬つくり
　我ひとり見つゝぞ　笑ふ。

あまり　拙劣《テツ》に―

反　歌

都べの盆《ボニ》の月夜《ツクヨ》の　身に沁みて苛《カラ》き　暑さを　ことしさへ在り
はるかなる島べの土の、目にしみて　我はおもほゆ。盆《ボニ》の月夜に

折口家にひとりの美しい中年の女の人が、だいぶ以前から仕えていた。神式の葬礼の日に彼女は化粧はしていないが、面長で血色の好い口かずもすくなげなその女の人が、茶とか座ぶとんとか色紙類とか、門人が品物の在りかを聞くと直ぐうなずいて、それに応えて品物を取り出すふうは折口家に親しい間柄に見えた。お手伝によそから来た人でないことは、着なれた着物がふだんのままに、からだをつつんで馴染んでいる様子にうかがわれた。

あの女の人は誰でしょうかと小谷恒に聞くと、あの人は迢空の身の廻りを十年も気をつけて来た人で、女中代りにはたらいていて、歌も作る京都の生まれの人だといった。先生はあの人をばあやと呼んで、相当、気難しくつかっていられたが、あの人は無口で永く感心に仕えてくれたと小谷恒はいった。年若い男が絶えず迢空のそばにいて、その若い男と睦じく暮らしている毎日を、この美しい女中さんはどういう眼で眺め、どういう女気で何

物かを察していたろうかと、私は神主が弔詞を読み上げるとしおしおと泣くこの人を、泣く人という言葉どおりの重さで眼にいれた。文学博士折口信夫は女の人には眼もくれない人ではない、かえって普通の人よりも純度が高く鋭い見立をしていた。私の家に来て病妻を見るとすぐ言われた。あ、あなたは童女に変りましたね、と。そういう鋭さを持つ迢空は、この十年も仕えるまだ若い女人を、ばあやと呼び、時にはしゃれて、おばばと古言葉で呼んで優しくはあったろうが、この人を女と見ることはほとんどなかったと小谷恒はいった。

この女の人は迢空死後、十万円の手当を遺族から貰って、京都の生まれ在所に戻った。私はさめざめと泣いていた人を、折口家の梅の木の見える背戸近い縁側で見てから、むかしの古い人、泣くだけしか迢空にやれなかった血色の好い女の人を、その後どうしていられるかを思った。この情景はこまかく物を見る迢空の、ただ一つ見落したしおとした女光景であった。

愛弟子藤井春洋は、近眼鏡をかけていた。近眼でもあり実用的にかけていたのであろうが、迢空は自分でも眼鏡をかけていて眼鏡が好きであったらしい。誰でも愛する人の眼を眼鏡の冷たい光の間に見ることは、一段ときらめいて変った眼が見られるから好きなのである。若い小谷恒にも迢空はよく眼鏡をかけるように言い、小谷恒はなかなか眼鏡はかけなかった。理髪店に行くたびに迢空は髪を長くしてはいけない、理髪店の美学をそのまま受けとって眉を作るとか、むやみに髪を変に分けたりなぞしないように、しつこく注意をした。迢空はまだ四十二、三歳であり藤井もいた折口家では、若いお弟子はたいてい少々長めのざんぎり頭だった。迢空がざんぎり頭を愛したのは、年が若く見え、少年の風采を髣髴させたいからであった。

　ある日小谷が理髪店から戻って来て、髪も長めに刈って分けているのを見ると、迢空は憤然として机の曳出しをがたぴしやり、一梃の鋏《はさみ》を手にもつと縁側に出て突っ立って言った。

「わしがあれ程短かく刈って来い言っているのに、きみは聞き分けんのか、此処へ来い、わしが刈ってやる。」

　当時コカインを鼻に注入していて、頭のメイセキをもとめていた迢空は、少し中毒気味で錆びた鋏の先を震わして、上方訛で呶鳴った。

「理髪店《とこや》が刈っちゃったものを、どう言いへん。」

「理髪店《とこや》の言いなりになる阿呆があるか、此処にきちんと坐った。そしてタオルを膝にあてるのだ。」

　迢空はひとつまみずつの髪を、指の先ではね上げるとざくっと刈り、また、ざくっと切り、こんどは調子にあぶらが乗って、ざくざく勢いこんで刈って行った。小谷恒は眼をとじていた。一旦、こうと言い出したら、やらさねばならんと覚悟を決めていた。刈った落ち髪はタオルの上を黒々とそめて来た。迢空はそれらの髪をこんどは細かく揃え、鋏を立てて整えた。

頭髪刈りを終えると、迢空はまたコカインを仰向けに鼻孔に注しこみ、小谷恒は湯殿に頭を洗いに下りた。二人はもう何にも言わなかった。呼吸をはずませた迢空は、それを鎮めるためにじっとしていて、小谷恒が洗って来た頭を見ることがつらそうであり、そんな迢空の我儘は極めてさびしいものに算えられた。そして急に迢空は小谷の機嫌を取るために、軽快そうな用事を頼んでそれで気を紛らせようとしていた。

迢空はもう一つ小谷恒に、ほとんどせがむように言い、小谷恒はそれを何時も聞きすてにしていることがあった。それは最初はただ、小谷も眼鏡をかけるといいということであった。次には君に眼鏡はきっと似合うと言って、自分の眼鏡を外してこれをかけて見たまえと、小谷がそれをかけて見せるとよく似合うと言い、そして君も眼鏡をかけろというのである。例によって一旦言い出すとそれを停める人ではない、自分で素透しの硝子玉と、銀ぶちの眼鏡を買って来て、今日からこれを架けるのだと言う。

小谷恒は度の強い眼鏡をかけ、ある夕方遅く、迢空とつれ立ってお菜を買いに出かけた。ふだん迢空の眼のとまらない処で、小谷は眼鏡を外していたが、一緒に町に出るのには、眼鏡をかけないわけにはゆかなかった。大井町出石の裏町を二人は南京豆を嚙みながら、沼空は下駄をがらがら引き摺って歩き、小谷は眼鏡のせいで道路の面が、波打って見え、奇体な歩き方をして行った。突然、裏町の角で懐中電燈の光がさっと沼空の顔を射りつけ、沼空はこの無礼な男と対《むか》い合った。この男は警察の者で不審訊問に引っかかったのだ。沼空は他人の顔を懐中電燈で照らす奴があるかと言ったが、刑事は君達は何処かで喧嘩でもして来て、怪我をしているのではないか、変な歩き方をしている、隠さずに言えと来た。一人は下駄を引き摺り、一人は極度の眼鏡のせいで道路が凸凹に見え、ひょろついて歩いているのだから、何処から見ても変な恰好に違いない。

沼空は名刺を帽子の裏側からつまみ出して、この無礼な男に渡した。この無礼な男は何々大学教授と書いた名刺を永い間懐中電燈の明りで見入ってから、こんな大学があったかな、ついおれは聞いたことがないと言って、更に疑義に堪えざるふうに言った。

「それにしても大学教授ともあろう人が、今頃晩のお菜を買いに出るということは可笑《おか》しいじゃないか。」

「大学教授だってお菜は買うさ。」

小谷恒は眼鏡をぴかっと光らせた。

沼空は眼鏡がこの場合役立ったと思った。二人とも眼鏡をかけていなかったら、もっと変な男に思われたかも判らない。

沼空はとにかくわしの家まで尾《つ》いて来て、人物をたしかめろ、と言い、刑事はのろのろと尾いて来た。小谷はこの騒ぎの間に眼鏡を外したが、足もとが明るくなり良く見極めがついてしゃんと歩けた。刑事はこの足もとをまた不思議そうに見入った。家の近くまで来ると、刑事は、あ、この家の先生でしたかと言って、ぐずつくと此方が危ないと見え、さっさと引き上げて行った。

翌々日、出講の学校の階段で、小谷は迢空のうしろから登って行ったが、階段が凹凸に見え、踏み外して転がり墜ちた。迢空はその原因が眼鏡にあることを知ると、階段下で、低い声で耳のそばに来て言った。

「階段を登るときは君、眼鏡を外さないと危ないぞ。」

　　きずつけずあれ

わが為は　墓もつくらじ――。

然れども　亡き後《アト》なれば、

　すべもなし。ひとのまに〳〵――

かそかに　たゞ　ひそかにあれ

生ける時さびしかりければ、
若し　然《シカ》あらば、
よき一族《ヒトゾウ》の　遠びとの葬《ハフ》り処《ド》近く――。

そのほどの暫しは、
　村びとも知りて　見過し、
やがて其《ソ》も　風吹く日々《ヒビ》に
沙山の沙もてかくし
あともなく　なりなむさまに――。

かくしこそ――
わが心　しづかにあらむ――。

わが心　きずつけずあれ

沼空は手料理の上手な人だった。大正四、五年頃に、本郷の下宿にごろついていた時代に、天ぷらやをしたかったが、金がなくて店が張れなかった、と、学成った折にかれは愉しそうにそれを物語った。

料理がうまく出来るということは、学問とか智慧、詩歌の修業があつもの等の風味に現われ、ふだんのお菜にまで文才がにじみ出て、それを作らずにいられないように思えた。火の加減や焼魚の工合、それを見つめている大切な時間に、かれは人間の食餌の芳醇をさとっていたのかも知れぬ。いまから汁粉を作ろうという夜半にそんな支度を門人にさせる迢空は、料理の出来あがるころに夜明けが来てしまったという話に、この人であるための可笑しな永遠という言葉も、生きて見えていた。

昭和十一年四月、小谷恒は迢空の家にいても、歌は作らなかったため、迢空は小谷恒を連れて茶紬の羽織、草履ばきという姿で私の家に現われた。そして小谷恒はこれから小説を書く勉強をするそうで、小説をかく人が私の家にいても仕様がないから、友達になって遊んでやってくれぬかと私に自分の子供のように小谷恒のことを言われた。私はそれを引き受けたが、態々そういう事のために、連れ立って来る門人への親切さに、少々惘《あき》れて迢空を見直す気持を持ったのである。

三矢重松は折口信夫の先生であった。当然、博士になってよい人であったが、病褥について立てず、迢空は三矢重松の文法に関する論文の仕事をうけついで、博士号を師のために築き上げた。そして彼自身の『古代研究』を加えて、釈迢空はその生涯のあいだに、博士論文を二度も書き上げた人であった。学問というものが身内に溢れているような人、しかも迢空の学業は何時もお菜を作るような愉しさで、終始されていたように思える。学問というものは私に面倒千万な気にならせていたが、好きでいじくれば詩歌をいじくるのと大して違ったものではない、いや、それは違うというなら学問にカブトを冠せた言い分であろう。学問が愉しくなかったら誰も博士号なぞ、ご苦労にもとる人はいないはずだ。私も博士という人達はえらい人達ばかりだと思っていたが、それだけの学位がとれるような人は、そんな博士号なぞいらないであろうし、くれても、そんなに飛びあがる程嬉しくないのであろうと思った。

折口家では殊に迢空不在中は、よその客からの贈り物は、一さい取ってはならぬ事になっていたらしく、女中さんはそれを厳しく言い渡されていた。

ある年の春、私の家で雛祭の日に赤飯を炊いたので、遠い大井まで娘は歩いて、赤飯をとどけに行ったが、迢空不在で、手剛く断わられて娘はすごすごとまだ温かいお重をかかえて、戻って来た。中身は赤飯だといっても、留守中は誰方様《どなた》からの贈り物があっても、うけられませぬと、女中さん（例の別嬪の）が気の毒そうに言い訳しながら、つき戻した。何だ、赤飯だからよさそうなものなのにと、私なぞに見せぬ手剛さがあることを知った。

後の日に迢空は切角の赤の飯を食べそこねましたと、上方なまりで詫《わび》て言われた。では、来年はうけとって下さいと私は言ったが、翌年の春に持って行ったかどうか、今はおぼえていない。

昭和十三年の頃、小笹功の主幹で古典研究の雑誌『むらさき』が出ていて、小笹功の主会で私の家で迢空に「ものを聞く」ことになったが、後で銀座に出て行きつけの当時のカフェに三人で行った。迢空にはそういう場所に興味がないらしく、それが判ると、すぐそのカフェを出た。その短かい時間にその店の階段を昇降した印象的な迢空は、茶色の鳥打をかむり同じ茶の服を着ていられた。その日の山小屋での吟行。

雪ふるといひしばかりのひとしづか　犀
更に十夜も過ぎて膝寒ム　迢
みなさんによろしくといひ梅日和　犀
犬の吼えたつ小路縦横　迢
金沢や白山吹の薬店　犀
とろりとなれば水音のする　迢

やはり昭和の十三、四年頃、迢空は慶応大学で十日間ほど『源氏物語』の講義をし、堀辰雄はその日には講義を聞きに奥の腰掛にいた。迢空は堀辰雄が聴講していることを先きに知っていたから、美青年の堀を好いていいて気負って講義が出来たらしい。この話は私には美しい昭和物語のえにしのように思えた。その十日間のあいだには堀は一日休んだきりで、後はずっと聴講をしノオトにも、書きとめていたのではなかろうか。

聯作詞「堀君」四曲はずっと後に作られた作品だが、「村の子を　友として　遊べとぞ君を思ふ。さ夜ふけて、枕べに　ほの〴〵と　清きくれなゐ　げん〴〵の花茎を　見出でなどして―　君が心　たのしくならむ」、そして次の五行で結んでいる。

村の子を　友として遊ばねど、
たゞ清き生きものなる
村の子は　君が心を知りて
瞻《マモ》るらむ。君が門を―
君が居る　牕《マド》のあかりを―

釈迢空　本名折口信夫《オリクチシノブ》、明治二十年　大阪市浪速区鷗町一丁目に生まれた。大正六年（三十一歳）私立郁文館中学教員となり、二月　短歌雑誌『アララギ』同人に参加、選歌分担。同八年国学院大学臨時代理講師となる。同十一年（三十六歳）国学院大学教授にすすむ。同十二年慶応義塾文学部講師となる。

昭和二年能登国羽咋郡、気多一の宮に藤井春洋を訪う。同三年藤井を家族の一人として迎え、藤井は迢空に戦死するまで仕えた。ひとくみのめずらしくも、いたいけな夫婦のような暮らしであった。それは迢空の生涯は妻をめとらず独身であったごとく、藤井春洋もまた戦死するまで婦人というものを知らなかったのであろう。

昭和十三年（五十二歳）はじめて堀辰雄のさがした軽井沢の貸家に赴く。豆腐屋の横丁に当る角の二階家で、一週間いたが気にいらずに越された。この年に箱根山荘建つ。しかし迢空はこの山荘を口にしないで、人に知られることを嫌ったが、贅沢に思われたくないからであろう。

昭和十七年（五十六歳）この年の十一月に北原白秋死去。白秋と親しくその詩の技法をまなんでいた迢空は、白秋に、ある尊敬の念いを甚だしく抱いていた。

昭和二十年（五十九歳）詩集原稿『古代感愛集』戦火焼失、同二十一年（六十歳）『近代悲傷集』の稿成る。

昭和二十七年（六十六歳）七、八の月軽井沢滞在、九月国学院で講義中軽度の脳溢血症状、血圧百七十、言語障害。

昭和二十八年九月三日胃癌で永眠、「いまははた　老いかゞまりて、誰よりもかれよりも　低き　しはぶきをする」「かくひとり老いかゞまりて　ひとのみな憎む日はやく、到りけるかも」これが迢空の絶唱となった。三唱して私は、このえがたい詩人を思う。

堀　辰雄

明治四十年、向島土手下の小さい煙草を商う家に、堀辰雄は、祖母と母親にまもられ、かぞえ年四歳になっていた。隅田川の橋を渡って浅草公園に、いつも母親と遊びに行ったが、やはり子供を遊ばせている母親達が辰雄の顔を見ながら、つくづく言った。

「このお子さんは何という俳優《やくしゃ》のお子さんですか。」

日南地に集まった母親達はこの可愛らしい子供を、どれ、おばさんにも抱っこさせてといい、知らぬ小母さん達に抱き上げられた。よくふとった難の打ちどころのない辰雄の円い顔は、母親の血色をうけ継いで頰も照っていた。

堀の父、上条寿則は彫金師であった。その時代ではそろそろ牛肉《ぎゅうにく》も家庭で食べ初めていたのに、堀の家では牛肉はまだ邪物《まのもの》と言われ、家では煮ることをしなかった。だから、辰雄に牛肉を食べさせる時には、やはり公園のすき焼を兼ねた西洋料理店に連れて行って食べさせた。そこのボーイは辰雄を見なれると、階下から二階までいつもおんぶして登って可愛がり、辰雄も牛肉とボーイとを半々に好きになるようになっていた。

十歳くらいになると、お母さんは辰雄のことをうちの殿様と言って、父親につけない日の刺身のご馳走を辰雄のお膳につけていた。夜、床にはいると辰雄の枕上を歩かないで避け、裾廻りをとおるようにし、出世前の子供の枕上は歩かないものだと、お母さんは皆に言った。たとえば菓子くだもの類を貰うと、第一番に辰雄に、おまえ、お食べかいと聴いてから家の者に、頒けていた。

父の寿則は町内の顔ききでもあり、仕事の羽振りも宜かったので、料理店の出入りから芸者の温習会などにも、肝煎役だった。その芸者の踊りのつなぎに、十歳の堀辰雄はハチマキをし襷《たすき》をかけた勇ましい姿で、「ベンセイ・粛々夜河ヲワタル」の剣舞を舞った。美少年の剣舞はいつも好評であった。

当時剣舞は男の子のたしなみであり、酒席に子供を舞わしめることは下町の一風俗でもあったのである。それもその筈、恥かしがりやの辰雄はそんな日のために、一年も剣舞師のもとに通うてベンセイ・粛々の剣舞を習っていたのだ。木剣を木綿袋に入れて通う辰雄は、ひとなみの剣舞師の習得で少しも躊躇《ためら》わないで、袴の股立ちを取って剣の舞いを演じていた。

大正十二年五月、私は当時田端の高台に住んでいた。或日お隣の奥さんが見え、わたし共の主人の府立第三中学校出身に堀辰雄という生徒がいるが、いちど紹介してくれと言われていますので、会っていただけるかどうかというお話であった。私は何時でもと答えた。お隣は広瀬雄校長であり第三中学に芥川龍之介も在学していたことがあり、堀は当時二十歳だった。

或日お母さんに伴われて来た堀辰雄は、さつま絣に袴をはき一高の制帽をかむっていた。よい育ちの息子の顔付に無口の品格を持ったこの青年は、帰るまで何の質問もしなかった。お母さんはふっくりした余裕のある顔付で、余り話ができない人のようだった。これが私の堀のお母さんに会った初めであり、そして終りであった。大正十二年の震災でこのお母さんは、隅田川に火に趁《お》われて水死された。

お母さんは堀がいまに本を書く人になることを考えて、或る製本屋に近づきがあったので態々菓子折を提げ、うちの子の本が出るようになったら、どうかよい本に製《つく》ってやって下さいと、挨拶にゆかれたそうである。製本屋さんは惘《あき》れて返事も出来なかったであろうが、後年、このお母さんの祈りがかなえられ、堀辰雄の生涯の書物はどれも凝った美装の書物ばかりであった。そしてそれらの書物が出版されるたびに、堀の書斎の隅の方に何処からか現われて来る一人の老女が、その一冊を手にとって恰もそれに読みふけっているふうであり、堀はその頁をかえす音が、書物の郵送の包紙がひとりでに刎《は》ねて皺を伸ばしている音だと思っていた。

堀の母は勿論、辰雄の本どころか、印刷された一篇の物語すら読まないで亡くなっていたが、製本屋に頼んで置いたから、きっと美しい本を作ってくれることに疑いを持たなかった。だから、書物が頻々と出版されるたびに、堀は母のその頼みに行ったことを思い出し、一冊だけは茶の間のすみの方か、書斎の襖の入口にいつも彼は置きわすれていた。そのみじかい時間のあいだに書物に手をかけた老女が愉しげに頁を返し活字を趁うて日脚を縫いながら読んでいた。

堀は本を読むと、その本を畳に伏せてわすれていることが度たびあったが、いつも一冊分を一包の反古の中にわすれていることはなかった。しかもその寄贈先の署名をしている間に、一冊分だけ自分用として取って置くはずの物まで、紛れこんで友人への署名をしてしまっていた。だが、たしかに全部の署名を終ったと思っているのに、一冊だけきちんと窓の閾のうえに置きわすれていたことに、いつも、後で気づいた。おかしな事があるものだと、堀は本の出るたびにいつも冊数が合わないのを送り先の控えと合わしても、数がぴったりと来なかった。

子供の時から精一杯に育て上げられたうちの殿様であり、どこかの俳優の子でもあるような子供が、とうとう一人前以上になっていたことは、どんなに老女に嬉しいことであったろうか。老女は大学を卒《で》たら着せるのだといって、大島のおついの着物を縫わせ、まだ何年後でなければ卒業しない堀のために、簞笥の抽斗にこの紋服同様の大島のおついをしまっていたのである。

私はずっと辰雄歿後の後年、奥さんのたえ子に、大島のおついが一揃えおありでしたろうと言うと、たしかに、ございました、永い間着ていましたけれど、何分にもお古いものでございましたから、もう、ほどいて了いました。切れ端でもあったらお大事になさいというと、それはもう、きちんと糊張りにしてしまって置いてございますと、言われた。口でうまい事をいって何処かに突き込んであるんじゃないかと言うと、たえ子は開き直って、じゃお見せしてもいいわ、畳紙にきちんと包んでございますのよ、いまごろ、いじめようとしたってちゃんとする事は、みな片づけてあるんですもの、時々、現われてあらさがしにつけつけ言おうとなさっても、もう、晩《おそ》くてだめ、と、彼女はてんで受けつけなかった。病床十年を切り抜けたところで夫の死を見た彼女は、烈婦のカガミのような人であった。カガミはいまは辰雄の小説の中から美しい嫉妬をほじくり出して、それを唇にくわえて遊泳していた。カガミはカガミに映る自分を見て笑い、毎月墓地にかかさずせっせと通うていた。石にお詣りするということはどういう事なのであろう、私にはこの古い日本のしきたりが余りに美の行事であるため、却って奇異のはかなさに思われた。

堀辰雄は生涯を通じてたった数篇の詩をのこしただけであるが、その小説をほぐして見ると詩がキラキラに光って、こぼれた。こぼれたものを列べてみると、それはみな詩の行に移り、よどみない立ちどころの数篇の詩を盛りあげていた。小説や物語の女達の言葉や行いが、人間の性情にあるときは詩というものが、こんなふうのものかと、そう思われる優柔感をそなえてみせた。

天使達が
僕の朝飯のために
自転車で運んで来る
パンとスウプと
花を

すると僕は
その花を挘《むし》つて
スウプにふりかけ
パンに付け
さうしてささやかな食事をする

×

この村はどこへ行つても　いい匂がする
僕の胸に

新鮮な薔薇が挿してあるやうに
そのせゐか　この村には
どこへ行つても犬が居る
×
西洋人は向日葵より背が高い
×
ホテルは鸚鵡
鸚鵡の耳からジュリエットが顔をだす
しかしロミオは居りません
ロミオはテニスをしてゐるのでせう
鸚鵡が口をあけたら
裸の黒ん坊がまる見えになつた

堀辰雄は私生活の事は一さい口にしない人であった。従っていま何々の小説を書いているとか、お金がほしいとか、どこそこの令嬢が美人であるとか、こんな家を建てて住んで見ようとか、何処かに原稿を持ち込もうとか、家庭の様子がどうだとかいうことは口にしたことがなかった。だから友人とか先輩とかの行状、悪口、かげ口もしなかった。その心にも、他人を痛烈に憎むという気の荒立ちがなく、そういう人の行状を耳にすることを避けているふうがあった。歯医者の療治をうけると貧血を起すという堀は、自転車から転がり落ちた女の子の膝がしらの血を見て、たちまち顔色蒼然のあわれみを催おす人だった。手なんぞ見ても、小ぶとりの柔らかい指に、しとやかな肉つきをもっていた。この人は女の子だったのが間違って男の子に生まれたのではないかと、私はいつも同じ優しい瞬きを見せている堀を見て、そう思った。だから殆どの人が堀を好いていたのだ。お愛想がよいわけでもなく、いつも当り前の顔付で差し触りのないことを話している彼には、その無口をおぎなうために相手の方で機嫌とりのようなことを、話してしまうふうであった。こんな人は色魔なぞによくある型や人格なのだ、つまり、にたりにたりしながら相手の心を捉えるという行き方が、そのにたりにたりを除けば凡て堀の持っているフンイキであった。ところが彼は色魔どころか、大抵の女の人には優しく皆に好かれ、皆におなじように心を頒けている側の人だった。誰もこの堀の悪口をいった人を私はきいたことがなかった。

　堀が女性的であったということは、声もそうだが、からだの肉つきにあぶらがあって、頬はまんまるかった。食べものも、おいもとか、じねんいもとか、卵料理とかが好きだった。唇は紅く髪も黒かった。病で床の中にいた時分、釈迢空が見舞いに軽井沢から来られる日に、彼は何を遠慮したのか、今日は起きられないと先生に言ってくれ、僕は起きないからと奥さんのたえ子に言った。だってそんなに元気なのにどうしてお会いにならないのですと言うと、訳はいわないで寝たきりだと言ってくれと、会わなかったのだ。たえ子はきっとお会いするのが窮屈なのであろう、それに釈さんとこの前会った後で熱が出たからそういうのであろうと思ったが、私はそこに病人としてのたしなみを見る気がしたのである。切角見舞いに来た尊敬する人の気に反《そむ》いて、会わないということに堀がその気になったことに、病人のわが儘のかなしみがあって、はなはだ女性的であると私は思った。僅かそのような我儘というものの心理は複雑なものであった。釈迢空は堀辰雄に好意をもっていたし、好意は非公式の愛情をも潜めていたものらしい、堀もそれをうすうす知っていたから、おとろえた姿をこの人の眼に見せたくなかったのだろう。

　この日は迢空は次の間でたえ子と話をして、軽井沢に戻って行かれた。たえ子は後でどうして態々いらっしったのにお会いしなかったのだろうと、後年私にはなしていた。堀の複雑な心づかいが私にはよく判った。それは釈迢空ばかりでなく、私は堀が寝込んでから近い軽井沢に疎開していて、八年の間一度も見舞いに行かなかった。それはまだ戦争時分だからたえ子は自転車で軽井沢にやって来て、パンとか菓子とか魚とかをやみで購《か》い入れ、私の家で持参の弁当をつかって午後も寒くならない間に戻って行った。そのたびに堀の病状を訊ね、昨日は少し快かったとか、今朝は少し熱があったとか聞くと、態々出かける必要もなかった。それにたえ子は東京から雑誌社の方が見えても、追分には寄らないよう言ってくださいい、お仕事のことや人に会うと亢奮して発熱するから、お宅でくい止めてくれといわれた。私はそこで雑誌社の人や本屋さんには、堀の処に寄らないように頼んで言った。たえ子は私にも見舞に来てくれるなと言い、あなたがいらしったら堀は気をつかうし、何か改まるような気持になるから、入らっしゃらないで下さい、軽井沢においでになるのだしお隣にいらっしゃるも同様ですから、ほんとに入らっしゃらないでくださいと、きつく一大事件のようにくい停めるのである。

私に「堀辰雄に会はざるの記」という一文があるが、そこにも堀が私に会うことを憂鬱がっていること、たえ子がそれを懸命に停めていることが記されている。――《私は久しく行かないから近い内にお訪ねしますと、たえ子が来たときに言おうものなら、それこそ、たすけてくれといわんばかりになり、たえ子はほんとに入らっしゃらないでください、お構いも出来ないのに、堀のことなら、あれ出せ、これ出せ、お茶をもっと濃くいれなさいなどと気を揉むにきまっていますから、後で疲れて熱を出すようなことになります。もっと、快くなってから入らしってくださいと言うのである。それも尤ものことであるが、そんなに僕のことで気を揉むのか知らと、つい追分行きがのびのびになり二年三年と経って了ったのである。

大抵一ヵ月に二度くらい軽井沢に姿を現わすたえ子が、急にふっつりと来なくなると、これは堀の容態が悪くなっているのじゃないか、この前来たのは何時頃だったかと家じゅうで言い、息子が自転車で追分の様子を見に出かけるのである。そんな場合、堀は喀血の後でたえ子は手が離されなかったのだ、そこで息子と娘がたえ子に代って買物をして歩くことになっていた。――》堀自身でも二、三年会わないでいるのに、いまさら私が出かけるのが気づまりが感じられるのではなかったか、どうやら釈迢空に会わなかった気持に、類似しているものがあった。一刻も静臥していてどんなに親しい人にも、いくらかの窮屈がある場合、堀らしく内気に引きこんでいたかった。他人にあえば乱れるし、たえ子ですら、次の間に控えていたからである。彼女はだから堀が寝返りを打つとか、咳のあんばいとか、少しばかりふとんの動く音も、聞き逃がすことがなかった。却って堀よりもたえ子の神経はするどく何時も集中されていて、時々、彼女は低い声でいった。「たすけてほしいのは実際わたくしの方かも知れないのよ、お湯をすする気はいでも、びくっとするくらいですもの。」

×

僕の骨にとまつてゐる
小鳥よ　肺結核よ
おまへが嘴で突つくから
僕の痰には血がまじる

おまへが羽ばたくと
僕は咳をする

おまへを眠らせるために
僕は吸入器をかけよう

×

苦痛をごまかすために
僕は死にからかふ
犬にでもからかふやうに

死は僕に嚙みついて
彼の頭文字《イニシアル》を入墨しようと
歯を僕の前にむき出す

萩原朔太郎の歿後、朔太郎全集の出版を引き受けてくれた本屋さんが二軒の本屋さんに及んで、私はAという書店が先きに話があったのでA書店をすいせんし、三好達治は別の

Bという本屋さんを支持して、全集の打合せ会の席上、三好達治と私とが議論をはじめた。萩原は三好達治の先生だったから装幀の心づかいから、萩原おもいの三好は一歩も譲らずに、しまいにあなたなぞ何が判るんだと啖呵を切り、先きに申し込まれて一旦遺族と計って宜しいと契約をしたのに、今更契約を解くことが出来るかと、私は眼鏡を外して立ち上った。引っ殴《ば》たかれそうだから眼鏡が壊れるような気がしたからである。勿論、廊下に出て貰って取っ組みをしてもよい腹立たしさだった。この席に、堀辰雄もいた。気短かな三好に同じくらい短気な私共は、半分立ち上り気味の凄まじさだった。ところが堀辰雄は顔色を蒼く沈ませて、思いのほかのおちつきで、三好に、先輩には先輩の礼儀もあるんだから、も少し控え目に相談するんだと堀は仲裁役をうけ持って言った。私達はこんな事に口出しを決してしないはずの堀辰雄の顔をちょっと見て、その顔色のアオサがこちらにサッと影響して黙りこんだ。

往きがかりで口論になった三好と私は、はからずも堀の仲裁が役立ってその晩はおさまったのである。私も三好も本屋さんから収賄をとっていたわけではない、ただ、本屋さんを贔屓にしていた関係からである。ここに作家と本屋さんの関係をちょっと書いてみるのも面白いから書いてみるが、作家はどんな場合でも、たった一枚書いても、その代償はいつも原稿料という正規の手続きのもとで支払われていた。各作家の所定の原稿料というものは、各社を通じてどこからか判っていて、皆さんの原稿料は言い合わしたようにキチンとした金高に計算されていて、宣伝文であろうが、すいせん文であろうが、一枚計算に税金を引いて、支払われていた。だから礼金とか賄賂とかいうあやふやなものは、一銭も存在しない、本屋はどんな場合でも印税以外は払わないし、作家も印税以外は取らない、これくらい金にきれいな社会はないのである。三好達治と私の口論も贔屓からわたり合っただけで、お互に本一冊出して貰ってさえなかった。作家というものはそんな変な人間の群なのだ、その群の喧嘩最中に喧嘩口論が一等きらいな何時も臆病そうに見える堀辰雄の一言《こと》が、うまく三好と私とを黙りこませたのは、平常温和《おとな》しい堀の口利きだったからであろう。

その全集出版後、八年くらい経って堀辰雄の告別式のあった増上寺の廊下で、私は三好達治に会い、ずっと顔を近寄らせて堀もとうとう亡くなったという合言葉の黙諾で、ちょっと立話をしてお互にスズしい顔つきで別れた。三好達治も年をとり、私も退引きならぬトシヨリになっていた。

昔、『驢馬』という同人雑誌を出していた時分にも、編集その他の事で寄りがあると、いままで黙っていた堀辰雄が何か決めなければならない話を一つ持ち出すと、それが何時もとおってその通りになることだった。中野重治だの窪川鶴次郎、佐多稲子、西沢隆二（ぬやま・ひろし）、宮木喜久雄という人達も、遠慮ぶかく少々吃りながら（堀は少々吃りだった）、物を言う堀に重要さを見出していたし、多くを喋らない人の徳を持った堀は、少し喋ると、その少しが肝じんの事がらに役立つことが多かった。ああいう温和しい人だから誰もいきなり堀の言葉をやっつけることが、堀の気質を知っているために彼をいやがらせることをしなかった。つまり堀という男はその気質を持って対手《あいて》にいつも善意をあたえていたのだ、彼はいつも半分しか物を言わないでいて、あとの半分は対手に察して貰う行き方であった。彼の小説にもその描法が行き亙っているところでは、文章がことさらに光を返していた。

そういう堀は愛している人にも、つまり半分言ってあと半分を察してもらっていたのであろうか、愛しているのか、愛していないのか、もうろうたるものもあったとしたら、それはたえ子夫人によく聴いてみないと判らないことである。堀は誰にでもほれていた、誰にでもほれるということは男の素直さによるものであった。だが誰にでも口説いてみるということをしないほれ方は、男であるための美しい徳であった。つまり誰にもよくして上げたいことは、人のすき嫌いにどぎつい厭なものを心に持っていない証拠なのだ、あの人だから彼方《あっち》向くというのではなく、皆さんに対《むか》って皆さんの方に向いてにこやかに話をするというふうであった。堀の小説にはそのフンイキが出ていて、若い女の人が好んで彼を愛読しているのも、そのためである。いまだに彼の住んだ追分の家を尋ねて来て、ふいに玄関にえに坐って見たり、家のまわりで何か見ようとして廻って歩いたり、また、草のう訪ねて来る何々という博士も居れば、団体の群から四、五人飛び出してくる人もいた。どの人も死んだ堀のいた処が見たいのだ、ただ想像しただけでは何も捉まえられないからである。

私はたえ子夫人に、入口の道路がかなり手広だから、彼処に若い楓の並木を作って、すずしいかげが夏は斑に道ばたにうつるようにして見なさい、ベンチも一つ置いて腰かけて憩《やす》むようにするといいね、そこで旅行者は何でも好きなように連れと話をしてもいいんだから、来年の夏にはそうしなさい、此処は追分の公園みたいなところだからというと、たえ子はおじさんに指図をしていただけるなら、楓の並木を作ってみるわ、と、彼女もその気になって言った。

軽井沢の夏の私の家に来て、これから堀さんの家を見たいという客があると、私はその客を追分の町にあんないして行ったが、そのたびに景色を褒め、埃立った田舎の町まで客は褒め、あんない役の私は一夏に二度は訪ねてみるようになっていた。見るものもないが、何も見られないボロボロ町が却って美しくさえあった。高峰三枝子も堀の小説を愛読し、歿後もずっとたえ子夫人とのつきあいが続いていた。この頃、お会いした香川京子も、たえ子夫人から聞くと、やはり堀の本が好きで、追分の家まで訪ねて行ったそうだ。たとえばこの二人の佳人がその例にすぎないが、作家が女の人にあいどくされるということは、どこかに通うている血が感じられるのである。その他、毎年いまだに堀の好きな田舎の山菜を根気好くおくりとどける、一女性もいた。堀が死んでいるのに八年間もそんな贈物をしているということは、どんな事がらに属するだろう、私はそこにある人のこころを尋ねて見たいのだ、人は人によってこころの細かさが違うものである。八年間も物をおくりとどけるということは、その人がそのこころに置かれた言葉をおくりとどけて来ることなのである。手紙なのだ。

×

僕は歩いてゐた
風のなかを

風は僕の皮膚にしみこむ

この皮膚の下には
骨のヴァイオリンがあるといふのに
風が不意にそれを
鳴らしはせぬか

×

硝子の破れてゐる窓

僕の蝕歯よ
夜になるとお前のなかに
洋燈《ランプ》がともり
ぢつと聞いてゐると
皿やナイフの音がしてくる

堀は本所小梅町にいるころ、私に言問のおだんごを持って来てくれ、追分にいて達者な時には冬も温かい清水に生える芹とか、春先には蕗の薹《とう》をさげて上京して私にくれた。だから堀の死後名も知らぬ人達からの贈物が、堀の家にはいつも豊富に床の間にあった。いいね、甘い物がたくさんあっていいねと私はそれを褒めるが如く言ったが、このごろではその贈物も絶え、ようやく古手紙の整理をするほど、たえ子は暇ができていた。私は笑いながら言った。おいしいお菓子があいかわらず山積してお困りだろうにというと、もう郵便もお菓子も来ないわよ、雑誌なぞ皆買って読んでいるわ、一冊も来るもんじゃないと彼女は言った。そうとも、雑誌はあなたに読んで貰うために贈られているんじゃないし、人間の死というものも恐るべきことは、つねにあたらしい死がいたましく思われるからである。古い死は古いために奥へ奥へと片づけられて行くのだと私は言い、しかも自分の言葉にリツ然としたくらいであった。

「時どき現われて来ては突っつき返すわね、じっとしていると表から呼び出すように仰有《おっしゃ》るわね。」

「その突っつき返されることもお互に必要なんですよ、でなかったら、あたら歳月がむだになる。今日は僕が菓子を持って来たからおあがりなさい。菓子のないことはさびしいから。」

「え、お菓子というものはふしぎに温かいものね、有難う、いただくわ。」

明治三十七年十二月、堀辰雄は東京麴町平河町に生まる。生父堀浜之助、生母名は志気。

大正十三年八月はじめて信州軽井沢に、私を訪ねて来て鶴屋旅館に滞在、当時、鶴屋の宿料は一泊三円くらいであった。堀は軽井沢の気候とか町とか町の外の道路を愛した。鶴屋主人は堀さんがあんなにえらい人になるとは思わなかったと言い、後に何時の間にか堀センセイと呼ぶようになっていた。

翌々年かに追分に行き、この町が気に入って死ぬまで此の地に滞在、たえ子夫人を貰い、家を建ててとうとうこの地で亡くなった。これほど追分の村里を愛した人はなかろう。ざっと三十年も軽井沢と追分にいたわけである。

軽井沢を愛好していた詩人達に津村信夫、立原道造、野村英夫等がいて、堀の数すくない友達になっている。少し遅れて福永武彦、中村真一郎が彼の家の茶の間に坐っていた。

中村真一郎はむんずりと黙り込み、福永武彦は早口の大声で話し、堀はにやにやと何時もきげんが好かった。

昭和四年二十六歳、「無器用な天使」を『文藝春秋』に書いた。編輯の菅忠雄がこれをすいせんしたものである。二十六歳でこの大雑誌に執筆したことは、当時にあっては作家として早い方であった。その後、一作品ごとに彼の作品にある、清潔感は人びとの愛するところになり、編輯する雑誌社の人も、他の作家とことなるところを稀なものとし、これを迎えた。

堀が原稿のことでただ一度私に相談したことがあった。結婚して間もない頃だったが、少し金の取れる仕事をしたいというので、当時『むらさき』という古典文学を基礎にした文学雑誌の編輯者の小笹功に、私は堀が連載を書きたいと言っていると話をしたが、小笹功は喜んで載せるといってくれた。堀は毎月『むらさき』に書いたのが、「幼年時代」だったのである。何ヵ月続いたか分らないが、半年近くで堀の方から中止にした。つまり毎月趁われて書くのがつらいらしかった。後に『婦人公論』に「大和路・信濃路」を書いたが、これも中途でやめたが、これは『婦人公論』の申込みであって私には関係がない。堀の連載物はこの二つきりであるらしい。連載というものは作者の健康が横溢していないと書けないものだ。堀辰雄のような作家は作品の出来る時を俟つより外はない作家である。

昭和二十八年、五十歳で逝去したが、十数年に亙る病苦と格闘した勇敢な人である。人はまだ堀は生きている、よく持つものだと寄れば言い合ったほど、あるたけのもので生きぬいた男であった。あれほど寝ながら書物の印税を受け取り、寝ながら領収書を書き、また寝ながら印税でかせぎ抜いた作家も、まれであった。結局、よい物を書いておけば作家は病気をしていても、印税はうけとれるのである。それにしてもたえ子夫人の看とりがなかったら、堀はあんなに永く生きていられなかったであろうというのは、あとに残った私どもが彼女におくる褒め言葉だったのである。彼女はそんな褒め言葉なぞいらないと言うだろうが、横を向かないで受けとってほしいのである。

立原道造

立原道造の思い出というものは、極めて愉しい。軽井沢の私の家の庭には雨ざらしの木の椅子があって、立原は午前にやって来ると、私が仕事をしているのを見て声はかけないで、その木の椅子に腰を下ろして、大概の日は、眼をつむって憩《やす》んでいた。追分からは汽車では十五分くらいかかるが、バスの時間を合わせると、追分の町から駅までの二十分の徒歩もかぞえて一時間くらいかかり、今日は軽井沢に出かけるのだといって、いつもより早起きするらしく、家につくとすぐ眼をつむって、居睡りをつづけていた。部屋では仕事をしながら私はそれを見て、或るしめくくりに達しるまで原稿を書いていた。三十分も書きつづけて庭に眼をやると、立原は長い脚をそろえて、きちんと腰をおろしてやはり眼をつむっていた。いつ来ても睡い男だ、そよかぜが頰を撫で、昏々と彼はからだぐるみ、そよかぜに委せているふうであった。

仕事が終ると私は庭に下りて行くが、立原は気づかずに未だ居睡りをしていることもあり、すぐ、ぽかりと眼をひらくこともあった。居睡りが続いていると私は近くに寄って行き、突然、わあ、と言って脅かすことがあった。当時、私は年下の友達が来ると、油断を見すましてこの、わあ、という懸声をあげるくせがあった。立原もこの癖をうまく利用して、泊った折々の晩なぞ、散歩のかえり道などで、暗い処にかかると、わあと言って突然飛びかかる真似をして見せた。だから、お互にこのわあという懸声をする瞬間をさがしている、瞬間のつづきのある日もある程だった。

立原は五尺八寸もあったが、色が白くクリクリした小気味の好い顔立の美青年型で、黒の服の前の釦《ボタン》が六つついていて、それが彼の発明装服の飾りでじまんの釦だった。ズボンは糊付だったので、糊付が雨の日には剝がれるのを怖れて、気をつけて裾に気をやっていた。堀辰雄の結婚式の晩にはじめて此の六つ釦の服を着用していたが、宵雨となったのでひどく気にして、屋内にいながらズボンの糊付をなやんでいた。

「僕の詩でも、ラジオで放送してくれることがあるでしょうかしら、してくれると嬉しいんだがナ。」

「立原道造作詩、『萱草に寄す』なんて、音楽がはいって、睡たい日の昼すぎになると放送するね。」

そんな時代が早く来るとよいと立原は言ったが、自分でも半信半疑の状態で、そんなうまい話はあるまいというふうだった。自分を信じないことはなかったらしいが、詩人としてはそんなに人から愛誦をうけることは未だあるまいという、誰でも持つ初期の心配をたくさんに持っていた。どこでどういう愛誦者がいるかも判らない詩のことでは、死後、三回も全集の版をあらたにした彼のことを、彼はゆめにも思い至ったことはなかろう、そして彼のきれぎれな、美しいとも書き現わさなければ当らない溜息が、後の詩人達の溜息にかわって影響をあたえていたことを思えば、ラジオで放送される程度のあやふやなものではない、年若い愛誦者の一人ずつに幾日も彼の詩はついて放れなかったし、それが詩技のもとになって後代の詩人達をやしなっていることは、全く立原はそれは僕のせいではなかろうとでも、衒《て》れて言うかも知れないのだ。優美でひ弱く、愛情の投縄はどういう雑草の間の花をも見逃がすことがなかった。私までがあまっちょろ過ぎる世界にゆっくり眼をやることをしないで、立原の詩を見過ごしている時すらあった。彼は頰をなでる夏のそよかぜを、或る時にはハナビラのように撫でるそれを、睡りながら頰のうえに捉えて、その一すじずつの区別を見きわめることを怠らなかった。追分村と周辺の景色にとらわれた彼は、そこに住む堀辰雄という男のいう言葉と、その風貌からもいろいろ教えられたものを毎日の交際でたくわえていた。こんなに素直に堀辰雄の詩人らしいものをすっかり取り容れた人は、稀れであった。立原に「堀辰雄」という評論があるが、彼にとって堀も追分村の自然の主要なかがやきになって現われている。

私の家を訪ずれる年若い友達は、めんどう臭く面白くない私を打っちゃらかしにして、堀辰雄でも津村信夫でも、立原道造でも、みな言いあわせたように家内とか娘や息子と親しくなっていて、余り私には重きをおかなかった。茶の間で皆が話をしている所に、突然這入ってゆくと皆は私の顔を見上げ、面白いところに邪魔者がはいって来た顔付をして、お喋べりをちょっとの間停めるというふうであった。私は私で恰好のつくまで立っていなければならないし、話がもとに戻るまでには時間がかかったのだ。その時間にある親しさは作り上げることも出来ないし、こわすことも出来ない濃度のある親密感であった。だから、留守の時は却って気楽そうであり、そんな折に外から私が帰って来ると、団欒の破壊者のように思えたのだ。

立原道造は、顔の優しいのとは全然ちがった、喉の奥から出る立派な声帯を持っていた。話し声や笑い声はすでに大家の如き堂々たる声量を持っていて、時々、私はその立派やかな太い声に、耳を立て直すことがあった。或日庭を掃いて如露で水を打ち、茶の間に上ろうとして手を洗ったが、庭羽織と称する古羽織を着用に及んでいて、その羽織は泥もついていたし、裾の方で手を拭いてもよいことになっていた。私がそれでぬれた手を拭いていると、突然、立原は威厳のあるおやじのような声で叱って言った。

「羽織で手を拭いてはいかん。」

私は面白そうに笑って言った。

「これは庭羽織という奴で、手を拭いても宜いことになっているんだ。」

「そうですか。僕はまたそんな事はいかんと思ったのですよ。」

と、立原は例の大家の声音で、あはは、と笑った。

年若い友達はみな私の庭掃きや、水撒きを根気好く眺め、仕事の済むまで残酷に手伝ってはくれなかった。手伝おうかと言っても独りでやることが判っているので、決してお愛《あい》想《そ》にもその事は言葉に漏らさなかった。庭をいじっている間は、その事は人に見られたくないし、人の眼の前でくるくる動くのが客の視線が邪魔になってつらかった。そんな時、立原が庭に現われると私は黙って、年若いために友達をないがしろにして、打っちゃらかしにして庭掃きを急いだ。立原は例の木の椅子に腰をおろして、眼をつむって庭仕事の済むのを待ち、私はこの人はどうしてこう睡いのであろうと、白皙の美青年の半顔が夏の日の反射で、いよいよ白皙の美をほしいままにしているのを眺めた。彼は酷く痩せていたので、ズボンの膝から上もぺちゃんこになり、足のすがたが痛々しく眼に映った。

「センセイ」

と、或る日、立原は更《あらた》まって用事ありげな、不安の面持でいった。

「何や。」

「詩の原稿のストックがありませんか、こんど雑誌を出すのにほしいんですが。」

私は原稿のストックという言葉に、はじめて腹を立てて呶鳴った。

「君じゃあるまいし、凡そ書きための原稿なぞ一枚だってあるものか、ばかも秤りにかけてから言え。」

立原は私の怒りが本物であることを、顔色で見とって言った。

「参った、失敬なことを言いました。」

私は彼があまりに悄気たので言い更めた。僕なぞは一行でも書くと売るという厄介な仕事をしているので半枚の書きためもないのだよ、若い時分は詩も何十枚も書きためていたが、もうそういう美しい宝舟は僕という港には繋がれていないと、いくらか彼をなぐさめ、自分の怒りを自分で取り消す顔付でいった。少時経ってから立原は、僕はノオトには何冊も書きためがあるといったから、それだから君の毎日は愉しいし、反対にいつも空っぽの僕は悒鬱な顔をしているんだと、私は胡麻化して言った。

さびしき野辺

いま　だれかが　私に
花の名を　ささやいて行つた
私の耳に　風が　それを告げた
追憶の日のやうに

いま　だれかが　しづかに
身をおこす　私のそばに
もつれ飛ぶ　ちひさい蝶らに
手をさしのべるやうに

ああ　しかし　と
なぜ私は　いふのだらう
そのひとは　だれでもいい　と

いま　だれかが　とほく
私の名を　呼んでゐる……ああ　しかし
私は答へない　おまへ　だれでもないひとに

夢のあと

《おまへの　心は

わからなくなつた
《私の　こころは
わからなくなつた

（後略）

追分村の旧家に一人の娘がいて、立原はこの娘さんを愛するようになっていた。この「夢のあと」一篇は立原にはめずらしく、心に突きこんだ現われを見せている。抒情の世界で溜息をつく詩の多い中で、この「夢のあと」は或日の机の上で書きちらしている間に、突然、殆んど自然にこんな現われを見せた四行を彼は別の紙に書いて、のこしても宜い詩のうちへ入れたものらしい。凡ての詩人の生い立ちには自分の詩をあつめたノートを纏綴じて、詩集の仮装を作り上げて見るものだが、立原も気に入った詩を書物のように纏め、何冊かを秘蔵したものらしく、そのまま、すぐに印刷にすれば一冊の詩集となる拵えであった。この詩にあるお前の心も、私の心もわからないという若さの曖昧さが、いとも投げ遣りに悲しくつづられている。

私はその娘さんを一度も見たことはないが、一緒に散歩くらいはしていたものらしく、その途上にあった雑草とか野の小径や、林の上に顔を出している浅間山なぞが、娘さんのからだのほとぼりを取り入れて、匂って来るような彼の詩がいたるところにあった。娘さんとの交際は一、二年くらいのみじかさで終り、東京の人と結婚したらしい、いわば失恋という一等美しい、捜せば何処にでもあってしかも何処にもないこの愛情風景が、温和《おとな》しい立原に物の見方を教えてくれただろうし、心につながる追分村が、ただの村ざとでなくなっていたのであろう。

立原は村の油屋という古い旅館で、生涯の夏の大半を送った。昭和十二年大学を卒業した年に、この油屋が焼けて二階に寝ていた立原は逃場を失い、むかしお女郎部屋も兼ねていた部屋の格子の窓の柵をこわして、やっと焼け死ぬことを遁れた。神保光太郎にあてた彼の手紙には先ず、「悲劇は豚の鳴声に初まつた。」と書いていたそうであるが、油屋の隣家にあった豚小屋から火が出たらしく、豚は火の中で悲鳴をあげて呼び続けていたというのか、それとも立原は自分自身で二階の柵をこわしながら、たすけてくれと呼び続けたそれを自嘲したかも判らぬ。

その火事があった二日の後に、立原は私の東京の家に悄然と現われた。彼は着のみ着のままだといい、レインコオトか何かを引っかけていた。道路から屋根に梯子を架け、外からも柵をこわしてすくい出されたといった。

また夏が来て或る日立原が軽井沢の私の家に、午前にやって来た。いつもとは違う気合が見え、そわそわとして私の言葉がよく彼の耳におちついて聞えぬらしかった。そうして今日は戸隠にいる津村信夫を訪ねかたわら、戸隠にしばらく滞在するつもりだといった。

戸隠に行くのに、何も軽井沢まで態々来なくともよいのに、変だと私は彼の顔をみると、立原はうわのそらにある眼付に狼狽の色をあらわし、突然、庭に出て行って表の道路の方を見たりした。その時分《ころ》、立原に東京の人で第二の愛人ができているということを聞いていたので、私は彼をおちつかせるために言った。

「誰かと一緒に来たんじゃないか。」

「浅路さんが東京から来ているんです。」

「それで、」

「前の土手に待って貰っているんです。」

「この暑いのに表に待たせるなんて、早く呼びたまえ。」

一緒に前の道路に出てみると、小柄な事務員風な女の人が、雑草が畝を作っている小高い処に腰を下ろして、顔だけ私の家の方に向けていた。そして私の顔をみると、丁寧に挨拶をした。だいぶ距離があったが、赧らめた顔色がわかる程の羞らいだった。立原は例の長いからだをそこまで運ぶと、女の人に何かくしゃくしゃと言い、女の人はすぐにうなずいて素直に立原の後について来た。こんな時、女の或る人によってはこじれて、一向はきはきしてくれない性質があるものだが、この人は立原を信じているのと、立原の先輩である私にためらわぬものとを同時に示してくれていて、好感があった。

「この離れは堀君や津村君も泊ったことがあるんだから、休みたまえ、一たい汽車は何時なんだ。」

「夜行にしようと思っているんです。」

「では好きに一日ねころんでいたまえ。」

私は毛布二枚を抱えて、離れに立原と、娘さんとをあんないし、障子をぴたりと閉め切り、女中に茶の盆と鉄瓶とをはこばせた。立原は離れの様子を知っていたので、二人は離れにはいると昼の食事まで物音一つ立てないで、引っこもっていた。大きな黒い靴と、ちいさな女の白靴とが、爪先を門の方に向けて仲よくならんでいた。

午後にかれらはお湯にはいり、さばさばした顔付で津村信夫へのおみやげを買いに町に行き、三時のお茶を喫みに帰ったが、女の人は立原の言うことにうなずくだけで、話らしい話はしなかった。どの程度の深さがつきあいにあるのかも、わかりにくかった。ただ、この小がらで地味な、人のこころをすぐに捉えそうに見えるすがたは、立原がたくさんに示さなくともよい愛情を、全部うけとめているふうだった。彼等は夕方に軽井沢を発って戸隠の山に向った。

この浅路さんは二十六歳の若さで、中野療養所で昭和十四年三月に亡くなるまで、立原に付添って看護をしてくれた。私が療養所を訪ねた日は雪ふりの後で、刑務所の塀にそうて津村信夫と、凍てた雪を踏んだ。そうしてその帰り道もおなじがじがじの雪を踏んで歩いた。

「ね、ありゃもうだめだね。」

と、私は津村にそう言い、津村も肯《うなず》いて言った。

「とてもあんなに痩せちゃっては、たすかりようがないですね。」

浅路さんは立原の寝台の下に、畳のうすべりを敷いて、夜もそこで寝ていた。おとなしいこの娘さんは立原の勤めていた建築事務所の、事務員の一人であったらしいが、立原の死ぬまでその傍を離れなかった。どんなに親しくとも男には出来ない看護と犠牲のようなものが、殆んど当り前のことのように行われ、私もそれを当り前のすがたに見て来たが、それは決して当り前のことではなかった。お嬢さんとかいう人、そしていまどきの人に出来ることではないと思ったが、それは私の思い上りで、女の人はこういう恐ろしい自分のみんなを対手《あいて》にしてやるものを沢山に持ち、それの美徳を女の人は皆はしくも匿して生きているように思われた。

療養所だから窓は明け放たれ、寒さは外の残雪を絡んで室内をつんざいていた。しかも、浅路さんはうすべりの下は板敷の上で、冷えることを承知で寝ていたのである。

「センセイ、僕こんなになっちゃいましたよ、ほら、これを見てください。」

立原はふとんの中で大事にしまってある自分の手を、いくらか重そうにして、出してみせた。それは命のたすからない人の手であって、たすからないことを対手に知らせるための手であり、本人はそれでいて未だ充分にたすかる信仰を持っている手でもあった。私はそれを眺め、手が生きている間は書けるよ、こいつが動かなくなると書けなくなるがと言った。立原は嬉しそうに笑い、生きている大切な右の手をまたもとの胸の上にしまった。私は人間の手というものがどれほどの働きと、生きる証拠を重い病人に自信を持たせているかを、知ったのだ。

中野の町の珈琲店《コーヒー》で、私は津村と対い合せになり、固いパンを齧り合った。バタのかわりにジャムがついた酸っぱいパンの粉を払って、私はテエブルの上にあご付きをして、腰を伸して言った。

「お見舞いをして宜かった。今日来なければ出渋ってとうとう会わずじまいになるかも知れないところだった。」

津村は真剣な顔付でいった。

「手を出されたときは参った……」

「僕も参ったよ、あれが生きている人の手だからね。」

二人は外に話もなく何となく苦が笑いをした。この苦笑をしている津村信夫も、それから何年かの後に死ななければならない人だった。つぎつぎに生きている人が生きたままで人を見送り、死ぬ人は死ぬときを決して知ることの出来ない面白い生き方を、今日は厭でも、していなければならなかった。

序の歌

しづかな歌よ　ゆるやかに
おまへは　どこから　来て
どこへ　私を過ぎて
消えて　行く？

夕映が一日を終らせよう
と　するときに——
星が　力なく　空にみち
かすかに囁きはじめるときに

そして　高まつて　むせび泣く
絃のやうに　おまへ　優しい歌よ
私のうちの　どこに　住む？

それをどうして　おまへのうちに
私は　かへさう　夜ふかく
明るい闇の　みちるときに？

また落葉林で

いつの間に　もう秋！　昨日は
夏だつた……おだやかな陽気な
陽ざしが　林のなかに　ざわめいてゐる
ひとところ　草の葉のゆれるあたりに

おまへが私のところからかへつて行つたときに
あのあたりには　うすい紫の花が咲いてゐた
そしていま　おまへは　告げてよこす
私らは別離に耐へることが出来る　と

（後略）

私は滅多に人を訪ねることをしないが、立原の家をたずねたことが一度あった。何でも屋根裏のような書斎でよく覚えていないが、帆柱に部屋を取りつけたような構造で、窓が二つくらいあったが、陰鬱な書斎だった。どこにも変った処はない。ただ、その書斎までに若さが装飾され、一つの物でも、生かして眺めるという好奇の風景があった。

立原は自分の部屋の構造を家の娘に画いて来た手紙には、椅子は緑色に、卓《テエブル》はココア色に、窓はセピア色にというふうに、色鉛筆をさまざまにつかい分けて、子供の鉛筆画のように描き上げてあった。彼は色鉛筆が好きで、ドイツ製のババリアとか、レバンスとか、キャッスルとかの鉛筆を蒐集していた。当時、堀辰雄も外国の鉛筆を集めていたので、その影響があったのかも分らぬ、元来が大学では建築を学んでいたし、二年ばかり勤めていた事務所も建築専門であった。だから、建築家と色鉛筆という言葉が、立原には相応《ふさわ》しい象徴語であったかも判らぬ。併し私の見た彼の書斎はごちゃごちゃしていて、整理もなかったし、すぐれた装飾も見られなかった。ただ、此の不思議な色鉛筆の蒐集品だけが、テエブルの上で彼の頭と心にある色彩を見せていたようである。

大森にある白木屋の尖塔を見上げて、或日散歩しながら彼処《あそこ》に時計を篏め込むべきだと、平凡なことを彼はいった。べつに建築家として私の注意を惹いた言葉の発見はない、庭園樹木に対する考えにも変った意匠の話をしたことがなかった。訪ねて見た彼の書斎にも、特異な趣向は見られなかったが、例の帆柱に二階を結びつけたような構造だけが、今日の私の頭にのこっている。この正体の異常さは一たい何であるのか、今日に於てもよく私には判らなかった。

或る夏、三週間くらい、立原に私の家の留守番をして貰ったことがあったが、その間に私は急用が出来て夕方頃、大森の家に帰った。立原は友人二人と、座敷のまん中に腰を下ろす箱を置き、同じ箱を二つ重ねてテエブルのかわりに拵え、電灯をその上に引きおろして雑談最中であった。いつも椅子に坐っている彼はこんなふうに、座敷の拵えを更めて住んでいた。

立原は私の顔を見ると急いで林檎箱一つを抱え、その友人もまた各々一つを提げると、またたく間にそれらの椅子とテエブルを片づけてしまった。そして畳の上に痩せた膝を揃えて、ぺたんと坐りこむと、笑いをおさえながら、彼は子供のような顔をして言った。

「や、お帰んなさい、ちっとも知らなかった。」

「納屋に籐椅子の一つくらいは、なかったかな。」

「椅子というものは此の家には、一脚もありませんよ。」

「見たか。」

「見た。」

立原もその友人も笑った。若い人が住めば茶の間もわかやいで見え、雑誌とか本とかが鳥のように翼をひろげていた。

のちのおもひに

夢はいつもかへつて行つた　山の麓のさびしい村に
水引草に風が立ち
草ひばりのうたひやまない
しづまりかへつた午さがりの林道を

うららかに青い空には陽がてり　火山は眠つてゐた
――そして私は
見て来たものを　島々を　波を　岬を　日光月光を
だれもきいてゐないと知りながら　語りつづけた……

夢は　そのさきには　もうゆかない
なにもかも　忘れ果てようとおもひ
忘れつくしたことさへ　忘れてしまつたときには

夢は　真冬の追憶のうちに凍るであらう
そして　それは戸を開けて　寂寥のなかに
星くづにてらされた道を過ぎ去るであらう

この長軀痩身の詩人がたった二十六歳で死んだことは、死それ自身もあまりに突飛で奇蹟的だ、絶えず微笑をもらし、軽い大跨に歩いた立原がつねに死に対《むか》ってからかい乍ら歩いたものに思えた。晩年、盛岡の深沢紅子の生家に滞在し、途中、山形の竹村俊郎の家に寄り、帰京後、旅の魔にとりつかれた彼は、山陰道を廻って長崎に着き、そこで一ヵ月近く滞在すると、暮の十二月に帰京した。この間の旅行の疲れがたたり肺を悪化させ、クリスマス前後に市の療養所に移った。そうして翌年の三月二十六日に死んでいた。

立原道造は大正三年七月三十日　日本橋区橘町に生まれ、父は立原の六歳の折に死去、母と弟、傭人の間に育ち、家業は商品発送の箱の製造業であった。十四歳で府立三中に入学、この学校からは芥川龍之介が学び、奇しくも堀辰雄もここを卒業していた。一高入学は昭和六年、九年春、帝大工学部建築科に入り、十二年春に卒業し、数寄屋橋際の石本建築事務所に勤めた。

この短命な詩人がどういう雑誌に詩を書いていたか、神保光太郎の調べた表に倚ると、凡て営利雑誌ではなく、じみな純粋な文学雑誌ばかりであった。『四季』『コギト』『文藝』『新潮』『文学界』『文藝汎論』『未成年』『偽画』『一高校友会誌』『新日本』『こをとろ』『婦人画報』『むらさき』『朱緯』『句帖』『セルパン』『帝大新聞』等である。

立原は手紙を書くことに於て名人である。真面目な墨書きの巻紙で五尺に及んでいるものさえあった。悉く原稿にあふれた文章がその日に書く手紙に、あふれ注いでいた感じがあった。一たいに原稿のなまなましたあふれを示している作家詩人というものは、僅か一枚の葉書にもそのこぼれが美しく点出されているものだ、私の家では家内をはじめ娘や息子までが、立原から墨がきの手紙を、それぞれに貰っている。もっとも私の家内なぞ街の中央に出てゆくと、建築事務所に態々電話をかけてお昼の食事に立原を呼んで、彼の愉快そうな様子の話をきくのが、わすられない面白い事であったらしい。長身でふわふわと宙にまい上るような歩き方に愛嬌があったのだ。

彼はいつも軽井沢の私の家に先き廻りして、追分から出て来ると、次ぎの列車で堀さんも今日は出て来るといい、それがその日の一等愉しい事であるらしかった。

列車が着《つ》く時間になると、表の通りに出て行ってもうそろそろ来る時分だが、お客でもあったのかと独り言をいい、落ち着かずそわそわしていた。そうして堀の姿が丘の上に現われると、嬉しそうに、来た、来た、と言って私に知らせる時なぞ、まれに見る子供っぽい友情のこまかさがあった。そして堀と私とが話をしていても何も言わずに、邪魔をしないで一人遊びするように、娘なぞと遊んでいた。

そんな日の帰りには堀の買い物を持ってやり、一緒に追分村に夕方には連れ立って帰って行った。絶対に堀を好いていた彼は、堀辰雄のまわりを生涯をこめてうろうろと、うろ付くことに心の張りを感じていたらしかった。そこに津村信夫が東京から来合わせたりすると、彼はますます機嫌好くなって、津村を誘って町に出て行って永い間帰らなかった。

私もつい気になり堀と一しょに町まで出かけて、テニスコートの周囲や喫茶店や賑かな横丁なぞを捜して歩くことがあった。捜している間は決して見付からないこの二人は、突然、町の下手の方から登って来たりして、にこにこして落ちあい、喫茶店にもはいらずにただぶら付くだけで、暑い日の下を愉しく歩いた。

異様ともいえるこの四人づれは結局、私の家にもどるのがせいぜいだったが、話もせずただむやみに機嫌好くぶらつくことが、心を晴れやかにする重要な要因であった。しかもこの若い三人の友達はさっさと先きに死んでしまい、私は一人でこつこつ毎日書き、毎日くたびれて友を思うことも、まれであった。こういう伝記をかくときだけに彼らは現われ、私は話しこむのである。そして彼らは決して不機嫌ではなくにこにこし、老来、笑いを失いかけている変な顔の私を、むしろ見なれない男のように見ていた。死んだ人というものは、生きている人間には瞬間的では、ちょっと見なれない眼付を夢などで見た時に示すものである。

津村信夫

津村信夫の一家、すなわち父君津村秀松博士（法学）一家と私とは、津村全家を挙げて親しくしていたし、私の小家族もこれに合わせて親戚のような、濃いつきあいをしていた。後に映画の方面で情実を排した峻烈な批評家津村秀夫も、もとは詩人であり、私の前に現われた時は、水戸の高等学校在学中であった。彼の紹介でその弟の津村信夫が登場した軽井沢の家では、まだ白面豊頬の青年で慶応の学帽をかむり、いつも濶達に大声で談笑した青年であった。

軽井沢では秀松博士は三笠ホテルに毎夏滞在され、博士も見えられ私も訪ねたが、温顔謹直な紳士であった。信夫は軽井沢では鶴屋旅館に泊ったが、宿泊料はいつも支払わずに立ち去った。後から秀松博士が来沢された折に、支払う習慣になっていて至極暢びりした風景だった。信夫の姉の道子が私の家に現われたのは、昭和四、五年頃だったが、昭和八年に死去された。その間に久子母堂の来訪を受け、これで全家全員と親しいいんねんを続けたわけである。萩原朔太郎の全家の方々とも親しくしていた私は、これで二くみの家庭とゆききするようになったのだ。久子母堂が神戸から上京の折はいつも病弱だから、たいてい一等寝台車だった。私は信夫によくお母さんがお見えになったかどうかと言い、やはり一等寝台かとおそれいったものだ。母親と一等寝台車、そこにもムカシ、ムカシの或る母親のうつくしさがあった。僕も一等寝台で上京して来る母親を持ちたいものだ、それは母親にかぎるものだね、父親は三等でもいいがねと、私は信夫に笑ってそういった。だんだん親しくなると私は信夫のことをノブスケさんと呼び、ノブスケ君と呼び、ノブスケと呼び放しにした。家の娘や息子もやはりノブスケさんと呼び、ノブヲとは呼ばなかった。彼は門から這入って来ると、もう笑いを一杯に顔の中にならべて、おっさん、留守か、と子供達ばかり出て迎える様子にそれを察して言った。子供達は今日はだぶちんは出掛けていない、宜いところに来たと言わんばかりであった。

だぶちんというのは私の家でつかわれる、私の綽名《あだな》だった。誰が付けたのか判らないが、私の家内より外につける人がいないから、多分、家内がそうつけたものであろう、子供達は私の前でも平気でだぶちんといい、私もだぶちんの意味はよく判らなかったが、背丈が低いのでちんちくりんのちんを取ってそう言ったものらしいが、だぶの意味が通じなかった。肥っていないし、だぶついているわけではない、ただ何となくだぶの感じがあり、ちんはちんであるから、呼びよいようにだぶちんと言ったものらしい。信夫はこのだぶちんの綽名を面白がって、私の口真似をし咳払いをして見せ、怒った時と、ふんという無関心の状態の折の真似をして、だぶちんの真似事は何でも演《や》ってみんなを笑わせ、自分も笑うことを愉しんだ。彼は笑うことが生きている真中にいる人のように、よく愉しく笑う男であった。

もちろん、私のいないことは家庭の祝祭日だったから、にわかに彼が来ると活気づいて、まず好物のよせなべというものを始めるのだ。私はよせなべとか、ぎゅうなべとか、お寿司やごもくは大嫌いだった。ご飯にいろいろな曖昧な物をまぜることが、非純粋の食物になるので一さい、そういう物は作って貰わなかった。だから信夫が来るとか、他のしたしい客があると、普段したことのない物で、皆の好きな物を作る留守の愉しさがあったのだ。津村信夫はたいへん肥っていて愛嬌があったから、まずよせなべの前にどかりとあぐらを組み、落ち着き払って鍋の中をぐるぐる廻しながら、こんな処におっさんが帰って来ると困るなといい、子供達はいまごろ街でお酒を飲んでいるから、帰る心配はまずないと言った。皆は私のことをだぶちん以外におっさんと呼び、だぶちんとおっさんを交互につかい分けをしていた。ひょっとすると帰って来そうな気のする日にはおっさんといい、おっさんという時には警戒と敬意とが少々含まれ、だぶちんと呼ぶときは面白半分におやじを抛り出すような状態の時に多かった。

信夫は午後の四時頃から、夕食後の八時か九時頃に帰って行った。同じ日の十時頃にもどった私は、よせなべの匂いをかいで、今日のお客はノブスケだね、よせなべの匂いがするといい当て、いつもノブスケとよせなべとが、付き物になっていた。よい家庭にそだったノブスケは神戸の父母から隔《はな》れていたから、も一軒自分が好きに遊べる家庭がいるらしく、十日めくらいに大森の私の家に通うていたのだ。秀夫編の年譜によると、犀星の門に入りて師事せしは健康恢復後なり。爾来頻繁に大森なる室生邸を訪ねて懇切なる指導を受け、その家族とも親交す、と書いているが、殆ど、信夫のなまの原稿を読んだことがなく、いつもむだ話ばかりしていた。文学には師弟の関係という鹿爪らしいものはなく、二十も違う年下の友達の前で平然として女性論なども交えていて、何が師弟だか判ったものではない。文学で誰が誰の弟子だなどという者がいたり、あれはおれの弟子だなどと途呆《とぼ》けて言う奴がいたら、それは文学者の風上に置けぬ奴であろう。大抵の場合には誰々もちょいちょい来るが、あれはちょいと書けると言った調子で誰々が出入りしていることが証明されるだけだ、つまり誰々が出入りしているといえば昔の弟子という言葉を、うまく簡単にいい現わしているものなのであろう。

この頃出版された丸山薫の詩集を信濃山中に持って来て読んでいると、私はさらに四、五頁あと戻りして読みあらためた。つまり丸山薫と親交のあった信夫は、私の影響をうけるにはもっと新人だったから、いつの間にか丸山薫の緊密なものを取り容れていたことを、丸山薫の詩集を読みながら此処からも、ながれが立っているように思われた。鋭くはないが他を誘うことに迅い信夫の詩が、私の眼に彼が丸山の詩に惹かれていることを知った。詩というものを作るということは、或る意味で盗まなければならないことだ、小説を書く場合にもまた多くを盗まなければならない、巧みに溶かしてぬすむということは、その詩人なり小説家の、頭の溶かしぐあいと、ぬすむことによって盗んだ十倍も本物を自分から惹き出すことにある。大概の有名な彼らは不識のこの面白い道を辿っている、津村信夫もまたこの道にある友情を拾って、自分の中に溶かしていた。彼は生前、丸山薫のことをよく話に出していたが、詩に影響をうけていることは知らなかった。私の眼にいまは友情のうつくしさが感じられ、文学にある友愛ほどいみじく嬉しいものはないし、それが作品のうえに見られることでは、いかなる人間の至情よりも純粋で且つおごそかでさえあった。

愛する神の歌

父が洋杖をついて、私はその側に立ち、新らしく出来上つた姉の墓を眺めてゐた、
噴水塔の裏の木梢で、春蟬が鳴いてゐる。

若くして身殁《みまか》つた人の墓石は美しく磨かれてゐる。

ああ、嘗つて、誰が考へただらう。この知らない土地の青空の下で、小さな一つの魂が安らひを得ると。

春から秋へ、
墓石は、おのづからなる歴史を持つだらう。
風が吹くたびに、遠くの松脂の匂ひもする。

やがて、
私達も此処を立ち去るだらう。かりそめの散歩者をよそほつて。

信夫の姉の道子は、大森谷中にいた頃の私の家に現われると、縁側の椅子に先ず腰を下ろしてやすんでいた。どういうものか、私にはその椅子の上の彼女の姿だけしか、眼に印象づけられていなかった。一緒に食事をしたとか、むだ話をしたとかいう覚えがのこっていない、いつでも椅子の上に彼女はいるのである。それは女客で家に来る人で、縁側の椅子にたやすく腰をおろす人がいなかったせいもあった。痩身美貌の道子は東京から大森まで出掛けては、つかれやすかった為に私が椅子をすすめたのかも知れぬ。

谷中のこの家は湿気があって陰気だったが、当時、道子は不幸にも離婚後で、心にも、からだにも弱りが見え痛々しかった。夫という男は彼女を愛する余りに、その肌を嚙むという話を聞いて、私はそれを受けるには繊弱すぎる彼女を、気の毒に想うた。だから別れて却って宜かったように思えた。信夫の処女詩集の題名が『愛する神の歌』と呼称されていたが、私はそれは信夫のこいびとの昌子のことだと思っていたが、実は姉道子への心やりであったかも知れぬし、昌子と道子をもろともに呼んで二人をかけた題意にも受けとれた。とまれ、姉の道子が間もなく死歿してから、若い信夫にはいままで平気で見過した季節の風物が、そのままの形では見られなくなったことも事実だ。

信夫の詩に父をうたい、父を見詰めた作品が多い。父を見ること、父をうたうことは小説家の場合は、大ていその作家の出世作か処女作になっている。まず何かを書こうとするときには父親のことが、もっとも書きよいから書きはじめるのである。人間は先ず成長の途上にあっては何人よりも、父という或る意味の恐ろしい発言者をみとめ、その父に対しては生涯頭が上らないものだ、父親という者は先ず我々を創造してくれた、世界にたった一人しかない偉い人間なのである。ほかの誰人も我々を作り出してくれたわけではない、我々は少々馬鹿であっても父とか母とかは、敬わなければならないものだ、総ての人間の敬うということの始まりがここに存在するのだ。まして並外れた偉い父とか母とかを持った人間は、その父とか母とかの外側に飛び出すことが出来ない、世界のいかなる人間の群からでも飛び越えられても、父母の山は超えられないのである。この美しい誓いは世界が滅びて行っても、このものは不滅なのである。

津村信夫はだから偉い父をあいしていた。偉い法学博士の秀松さんはこの肥っちょの次男坊のために、就職口を捜してやり、次男坊信夫は就職先をいつの間にか無断で辞職して、詩や小説というものを書いて、秀松博士を唖然とさせたが、しまいには秀松博士は暮らしの金を与えて好きな事をさせていた。次男坊は詩というものを書いて、とうとう半人前から一人前になり、一人前からすぐれた詩人にかぞえられ、その詩の中で父というものの肖像画を何枚も描いて、そうして三十六歳でいちはやく死んでいた。かれはこの世に笑いと詩とをのこし、愛妻昌子と、一女初枝とに何やら普段からたくさんの笑い話を言いのこして行った。立原道造は二十六歳で死去したが、立原道造から十年生きのびただけであった。

父が庭にゐる歌

父を喪つた冬が

あの冬の寒さが
また　私に還《かへ》つてくる

父の書斎を片づけて
大きな写真を飾つた
兄と二人で
父の遺物を
洋服を分けあつたが
ポケットの紛悦《はんかち》は
そのままにして置いた

（後略）

夕　暮

食卓の上に燈《ひ》を置いて　母親のエプロン着の姿が　しばらく窓際に見られた
昔　三人の子供が　円い卓をかこんだとき　皆の小さな手は三つ合せても　父の手に
かなはなかつたが――

とき折　一人の子供の姿が見喪はれた　父や母の心のなかで　（後略）

土曜日の午後一時頃、軽井沢への直行が着く時分になると、信夫は革の鞄を提げて現われた。これから戸隠の山に行くとか、ちょっと千ガ滝まで行くのだとか、また一、二日軽井沢に遊びに来たとかいい、毎週の土曜ごとに例の快活そうに笑い、機嫌好く泊って行った。そして二、三日するとこれから帰京するのだと言い、出先から戻って来ると、また一泊した。この忙しい小旅行の中心地が軽井沢から、やや離れた千ガ滝附近にあるよりも、もっと遠い距離にあるらしく、しかも千ガ滝の旅館に直行することもあって、ちょっと判りかねる地理の不分明があった。或日信夫は茅野蕭々の別荘の位置と、草深い構えとを説明してああいう家に住みたいといい、芒とか萩とかが一杯別荘の周囲にあることを美しく話し出した。茅野蕭々は慶応の教授で詩人だったから、信夫も在学中からしたしんでいたのである。

信夫は私の家ではいつも離れに泊っていたが、或日何かの用事で離れに行くと鞄のわきに、一本の小型の扇が置いてあった。白檀の柄で透し模様が施された女持であった。軽井沢地方を旅行になれた人は、扇だけは持っていない、涼爽の地で扇をつかう暇がなかったからである。

この扇は誰かに貰ったのかと聴くと、彼は笑ってとうとう見付かった、実は貰ったような貰わないような曖昧の状態で持って来た扇だと言い、茅野さんのお宅の近くの別荘の人から貰った物だといって、いい扇でしょう、と彼はそれを開いて風を入れて見せた。孰れは此方に連れて来たいのだが、連れて来るのに気遅れがして困るといった。悪く見られるのもいやだし、そんなに美人でもないのだからと、彼ははじめて繁々と東京と千ガ滝の間を往復するわけを話し出した。自分としては余りに内気で温和《おとな》しい人であることが気に入り、二つの美点につながっているのだと、その話振りには私にその女の人を一遍見せたい気がたくさんにあるだけに、見せるのを惜しむような気もあるらしい。男でも、若い内に女の人ができると、自分の一等親しい人に見てもらいたいし、見せて褒めてほしいものであった。若し見せてから褒めてもらえない場合があると、悲観して見せなければ宜かったとおもうものだ。信夫もこの二つの問題をいつも頭に置いて、東京と軽井沢の間を往還していた。

若し此方に連れて来てよいようなら、一度誘って来てもよい、兄秀夫には大体の事を話して置いたから、兄から父に話して貰い、父から母に話してもらう手順だが、母はだいぶ前から一人で心決めにしている娘さんがいるので、母の城を落すことも容易ではないし、父の城を陥落させることも並々のわざでないので、たのむのは兄貴だけだと言った。信夫はしかし困難な名門のごたごたしたところを破ることも、この少女を貰うことではすでに心が決まっていて、大して父母の城なぞは頭に置いていない、頭に置いていることはこの次ぎの土曜日には何処で逢って、どういう事を話そうかということ、どういうふうに彼女の美しさに触れるかという二つのことがらだけであった。

私はこういう問題ではかんたんに、突きこんで言うことをしなかった。

「離れで逢えばいいじゃないか、連れて来て一日寝ころんで話をすれば、何もほかの処にいるような遠慮もいらない。」

「仕事のお邪魔になりませんか。」

「離れできみたちが逢って居れば、僕にあぶらをさしてくれるようなものだ。」

「あぶらですか、あはは、あぶらは好いですね、じゃ、連れて来てもいいんですね。」

「構うものか、ここには邪魔者はいない。」

「それほどの美人じゃないから、期待しないで下さい、あなたは期待しすぎるんだ。」

信夫は一つの警戒を彼女のためにそういい、自分の大せつな人を他人に見せてやるという大きい愉快もあった。実際、自分の愛人を友人とか先輩に見せるということには、よくよくの信頼のある人でないと、そうは、したくないものであった。たとえば新婚の折、友人に妻を見せながら対手《あいて》の友人の顔を見極める心づかいなどは、女の人には判らない慮りがあるものだ。

ある日津村信夫は私の家の上手の小さい丘から、嘗つて立原道造がつれて来て見せた愛人と同じ道を、信夫は一人の少女を伴うてもう門の前からにこにこして、どう思われるかという心づかいをわすれて了い、ただ、事の新鮮無類ないきさつの愉快さで、わざと大きい声で、や、今日は暑くてバスが混んで了ってと言った。背後であんしんした微笑の顔が、ちょっと足を停めてシトヤカに頭を下げて見せた。眼が大きくいっぱいに開かれ、その眼にも微笑があふれていた。

「昌子さんです。」

と、彼は彼女を紹介した。性質にあるオトナシサが少しの衒《てら》いもなく、からだの全部に正直に現われて嘘のない人であった。いつかの白檀の小扇を見たときのしゃれた、思えばきびしくもある想像の人とは、まるで異《ちが》っていた、私はこれでよかった、津村信夫の選び方もまちがいなく、彼の好みを融かしている少女だと思った。立原道造もえらぶことに於て、くるいはなかったが、津村もまた自分の好きをうまく射《う》ちあてているような気がした。私は画家というものがその妻をえらぶことでは、たいがい間違いないように見ていたが、詩をかく詩人という者にも、えらぶことでは女のものを見落すことがなかった。

その日は終日離れに這入ったきり、二人とも出て来なかった。三時の茶の時に、かれらは話で疲れたような顔を出し、茶を喫んでから外に散歩にゆくと又戻って来て、夕方までこそっとも音も立てずに、やはり離れにこもっていた。外に聴えないように微笑《わら》っては話をし、話がなくなると遠慮深くまた微笑うという、時間の愉しさがあるらしかった。私も自然に大声で物をいうことを控え、かれらが夕方、長野市に向け出かけてゆくので、はじめて昌子という人が長野にいることが判った。千ヶ滝あたりの別荘に滞在していたことも実際だが、長野の町にいるのでは、暑いのに度たび東京から訪ねて行ったことは大変だったであろう。

夕方、かれらは軽井沢の駅で、西と東とに別れて列車に乗った。かりそめの宿をもとめた私の家は、その後も、しばしばこの二人をかくまった。誰も知らずまた知る必要もない二人は、どんな時でも、音も言葉も、話し声も立てないで四畳半にこもった。立原道造も泊り堀辰雄も泊った離れは、百田宗治、萩原朔太郎も旅行にくると此処で昼寝をして、立って行った。

小　扇

嘗つてはミルキイ・ウエイと呼ばれし少女に
指呼すれば、国境はひとすぢの白い流れ。
高原を走る夏期電車の窓で、

貴女は小さな扇をひらいた。

　夕方私は途方に暮れた

夕方、私は途方に暮れた。

海寺の磴段で、私はこつそり檸檬《れもん》を懐中にした。

——海は疲れやすいのね。

女が雪駄をはいて私に寄添つた。
帆が私に、私の心に還つてくる、
記憶に間違ひがなければ、今日は大安吉日。
海が暮れてしまつたら、私に星明りだけが残るだらう。

それだのに、

夕方、私は全く途方に暮れてしまつた。

孤　児

声が非常に美しい娘であつたから、死床の父がささやいた。

——御本《ごほん》を読んでおくれ、お前の声のきこえるうちは私も生きてゐたい。

娘が看護《みとり》の椅子に腰かけて頁をきり始めると、父は、いつの間にか寝入つてゐた。

孤《ひと》りになつてからも、あるひは、父の生きてゐた間も、娘は自分の声の美しいことが一番悲しい事実であつた。


ある日離れに私が世話をしている奈良の女子師範の生徒が、休暇で泊りに来ていた。そこに信夫が東京から来合せて二間ある部屋の、隣合せに寝ることになった。後年、信夫は何篇かの小説を書いて発表したが、「碓氷越え」という短篇にその娘のことをこう書いている、——

《食事の席には、夫人のほかに、つひぞ見かけない若い婦人が一人ゐた。「叔父さん」とさう云つて老師の酌をしたり、時々、軽い戯談口なぞを利く人であつた。鼻の高い、色のおそろしく白い女《ひと》であつた。私の初めて見る女《ひと》は少しも臆せず、丁寧に挨拶をした。若い女《ひと》の口をひらくたびに見える真白な歯は、何か鮮やかな、ひとしほの秋冷を感じさせた。》《電灯は奥の一間にしかなかつた。絹子といふ女《ひと》は、少し遅れて、やはり下駄の音に注意しながら、こつそりと離れにやつて来た。入口の硝子戸をあけた絹子さんの背後には、楓の葉が青く波うつやうに戦いでゐた。「あら、電灯がそちらにございませんのね、襖を閉めてしまつたら、貴方の方は真暗だし……」一寸女学生のやうな言葉つきであつた。年は二十四五位だらう。「敷居のところまで引張つて来て吊したらどうです。両方の部屋が明るくなるでせう」「ああ、さうね、真中に吊せばね」さう言つたが、一寸口籠つて、「それぢや、襖は開けとくの」絹子さんは、顔をあからめた。私も、ああさうか、下手なことを云つたと気が付いた。「この頃は、晩くなつて月が出るから、さうすりや随分明るくなるんだけれど」絹子さんは半ば独り言をいひながら、しばらく立つたまま考へてゐた。》《「ああ、かうしませう」突然、快活に云つて押入をあけて、大きな風呂敷を出して来た。「どうするのですか」「すみません、それぢや電灯を一寸引張つて下さらない」私は電灯をどうやら、敷居の所まで引張つてきた。絹子さんは「有難う」と云つて、その風呂敷を電灯の背後からかぶせた。私の部屋の方には、明りがさつとながれたが、今度は奥の間

が暗くなつた。「それでは、貴女の方が暗くなるでせう」私が訊ねると、「あたくしはいいのよ、すぐ寝つかれますわ」――》

この後半には寝つかれない晩の詳細の事が描かれているが、彼が小説に心を向けるための、充分なこまかい見通しと、見逃さない呼吸づかいがこの「碓氷越え」にあった。抄出の文章にもその用意がある。頭がよくて聡明で、そのくせ外部からは快活な一青年としか見えなかったところも、好ましい人がらを持っていた。誰にも好かれ、悪感を持たれないのは性来の快活な性分に基づいているらしい。初めて会った人の人物評も却々《なかなか》うがった洞察をし、いつの間に何を見ていたかを、よく私に振り返って考えさせたくらいだ。

この小説「碓氷越え」の観察の中で、私に関する部分にも、ふだん何も見ていないくせに或る程度の見方を怠っていないことが判った。小説を書くと大事そうに原稿を二つ折にしないで、厚紙で作った鞄のような紙挟みに入れて持って来たが、それを傍に置いて中々見てくれとはいわなかった。私は気を利かしてそれは原稿ではないか、話している間に読むから見せたまえというと、嬉しそうに含み笑いをして宜く書けなかったのですが、読んで下さいと恭々しそうに、また羞かんで差し出していた。

大ていの小説は彼の詩にある小ぢんまりとしたふうをし、気障なところがなく、素直な写生をこころみ、折々のしめくくりも出来ているし、あじわいを深めることも心得ていて、失敗の小説は殆どなかった。それはありのままを描いて行き、不正直と胡麻化しがなかったからだ、つめて書きあじをつけて書き、そして感動を一段隆めて主観的にあつかうことをちゃんと知っていた。たとえば私のことに関してはやはり私のものを捉えて書いていた。《酔の廻つてゐるとき、老師はあまり人の言葉を耳に入れないやうな振りを見せた。しかし、何か大切なことだけは、酔眼の奥にくわつと見開いたものがあつて、しつかりつかんで置く、さういふ風な性質であつた。「君は頓馬な男だ、いつぞや私が書いて上げた短冊を忘れて行つたらう」と、立ち上ると、違ひ棚から新聞紙に包んだものを持つて来た……（後略）》

父を愛し母を愛し姉を愛し兄を愛した彼は、昌子を貰うために飽くまで父と戦い母と戦い兄とも戦い、兄秀夫を先ず味方に惹きいれ、ついに父母の城をおとしいれた、その間にあって一つも自棄くさいことはしないで、真情の動かないところで押して押し抜いたのである。ある日、父秀松博士は私の家に大きいオーヴァを着用に及んで、あれには困ったものですが、何とか媒妁の労を取って下さいと言いに見えられ、私はついにこの城を陥しいれた彼のまごころに、ひそかに舌を捲いたくらいである。では何分よろしくと言って、秀松博士はまた大なる茶色の外套を着て、心足りたふうで帰って行かれた。私は信夫にいったものだ、大きいオーヴァを着てお父さんが見えたぞ、しかし万端承諾されていると嬉しそうな彼の顔を見て、私もはればれしく彼のために喜んだ。

昭和十七年聖ルカ病院にはいり、アディスン氏病と診察、これは顔色が黒ずみ、たすからない病気なのだ。冬の初め私は堀辰雄と二人で、築地の病院に彼をたずねたが元気で煙草を喫み、例の快笑は病室にひびいていたくらいである。ともあれ一度退院して鎌倉の山の下で療養するつもりだといい、少しも、たすからない病気のことは苦にしていなかった。必らず治るというつなぎで彼は生きていた。

嘗つて中野療養所に立原道造を見舞った一人の、あの時津村は立原はもう起きられまいと言った一人が、絶対に治らないアディスン氏病に取り付かれて、片手に死をにぎっていなければならなかったのだ。

この築地界隈は下町うまれの堀辰雄には、どこにも見覚えのある町景色であるらしく、堀に連れられ銀座まで歩くことになった。二人ともたすからない津村信夫の話はしないで、現にたすかって歩いている二人で、生きのよい肩をそびやかしていた。街角の西洋料理店にのぼり、そこの卓上電灯が余りに古風で美しいので、おちついて名物のビフテキを堀が食べ、私は酒を飲んだ。

「次々に死ぬが、こんどは年からいうと僕の順番だ。」

と私は言ったが、堀は笑って戯談にしてしまい、私もそれをやはり戯談としてまぜっ返していた。まだ堀のからだは丈夫だった。銀座の表通りに出ると、風が突然烈しく吹き出し堀はも一軒寄る処があるといって別れた。その日の印象は津村が煙草をのんでいたこと、明るく黄濁した病室の西日の色、にこにこしていた津村の顔の外はなにも覚えていない。

堀辰雄の印象は表通りに出て、突然の烈しい風に堀もうつ向き、僕も帽子を手で抑えて突然の寒さに、散歩もむだな気がして同時に別れたことだった。そういう散歩の取り止めがさびしく心を領する時があるものだ、僕の行きつけの酒場に行こうと誘うたにちがいないが、堀は酒を好かなかったので、体裁好く、も一軒寄る処があると同じことを言って別れたのである。ああいう晩に何処に寄る処があったのだろうと、体裁でそう言ったのではなく、本当に何処かに寄ったものに思えた。

津村信夫、明治四十二年一月五日　神戸市葺合区熊内通に生まる。父、津村秀松、兄、津村秀夫、雪中尋常小学校及び県立神戸一中を経て、昭和三年四月慶応義塾大学に学ぶ。最初『アララギ』により短歌にいそしみしが、後に白鳥省吾の『地上楽園』による。昭和七年一月植村敏夫、中村地平、兄秀夫とともに文学同人雑誌『四人』を発行、文学への開眼その他に於て兄秀夫に拠るところ多し。

昭和八年七月姉道子を喪う。この悲しみは彼に詩への奥深きところに誘いを得るに似たり、同時にまた一少女昌子を識る。後に妻に貰う。

昭和九年詩誌『四季』同人となり三好達治、丸山薫、堀辰雄、立原道造等を知り、詩の新人として見られるに至る。

昭和十年十一月処女詩集『愛する神の歌』を自費出版。

昭和十一年室生犀星の媒妁にて茅野蕭々養女昌子と結婚、以後、夏は軽井沢を中心に信濃で暮らしていた。詩に信濃ものが多いわけである。

昭和十四年十二月秀松博士を喪う。

昭和十七年十二月アディスン氏病にて聖路加病院に入院。

昭和十九年六月二十七日北鎌倉の家で、津村信夫は三十六歳のみじかい生涯を終った。多磨墓地には父秀松、姉道子と倶に第八区2側5番地に、墓地という町つづきの一軒に住んでいる。彼を想うても決して暗い感じがなく、いまもなお和々《にこにこ》として対座するに似ている。……

山村暮鳥

大正の初め頃は、現今のように沢山の雑誌は発刊されていなかったが、それでも、毎月の雑誌発行の数は私達文学青年には、毎月新しいぎょっとした衝撃を与えた。それは堂々たる小説家の小説の類ではなく、雑誌の隅っこに、やっと半頁くらい掲載された何十行かの詩と、それを発表している詩人の名前が、毎月の登竜門となって羨望の眼で読まれた。詩の原稿は滅多に頼まれる機会がないから、平常この雑誌なら埋め草に掲《の》せてくれそうな見当を付けて置いて、編集者におべっか半分の手紙を書き、自著の詩集まで添えて、三篇も詩があった場合、佳さそうな一篇でもあったら掲載されれば甚だ光栄の至りだと、ぺこぺこ頭を下げて原稿を送り付けしたものであった。ぺこぺこ下げた頭のおかげで、埋め草に詩がのると、私達はいまの何々賞とかいう小説発表の機運を得たように得意がって、自分で哀願懇請によって掲《の》せられた顛末はいわずに、『秀才文壇』に今度は書いてやったが、あれを読んだら『中央公論』だって頼んで来ないとも限らないさ、編集者はナマの原稿を読んだってピンと来ない一種の中毒症状を持っているから、雑誌に出るとカッと食い付いて来るんだ、いまに日本じゅうの雑誌がせり合って詩を掲せるようになるだろう、その時は一篇五十円くらい取ってやるんだと、私達は無名の友人の間で嘯《うそ》ぶいていた。その頃の詩の原稿料は一篇五円くらいであった。いまは最低税外一万円から二万円くらい皆さんは、取っている。

　その毎月のうめくさに私はよく、山村暮鳥の名前を見出してまたやられたと思った。それは私が送り付けしようとひそかに企らんでいる雑誌に、何時も先きに抜け駈けしていて、私の詩の投書を通せん坊をしている山村暮鳥という名前の詩人の、素早い文学修業のほどが何時も行手に邪魔者となって、立ち現われた。詩の構成をしらべると作意感覚のあるところは、私自身のそれとほぼ同じところを辿っていることに気付いたが、時間をかけて一つの詩を練り上げるという行き方よりも、篇数の多きに亙って心の賑いをとらえるという、大概の詩人がこのあたりにぐず付くそれにとらわれていることを見抜いた。派手な邪魔者は大抵の雑誌にうめくさ同様の詩をばら撒き、私は彼の後ろから隙間があったら亡き者にしようと、赤い鰯色のだんびらを下げて身構えて、尾《つ》いていた。だが、この田舎のサムライは時々後ろを向いて、にこつくだけで用心もしないし、後ろばきのだんびらの光も見せなかった。当時、私は剣士萩原朔太郎と市中の小ちゃい道場を叩き潰すために、何時も大酒を浴びて同行していた。若い美貌の剣士萩原朔太郎は何時も落し差しで、絹物を着てぞろりとして昼間も一杯飲んで、同行の田舎サムライの私に、金をせがまれて呶鳴った。「毎日二人前ずつ酒代を払わせて置いてまた金かい、水戸の山村との手合せも出来ないくせに」と、萩原も山村の出現には、気色烈しく妬みに思っていた。それは当時一人の詩人の詩をのせた雑誌は、毎月のせるわけにはゆかないから、永いのは半年くらい待たなければ、順番が廻って来なかったのだ。だから、彼は山村を亡き者にしようと言い出したが、やみ打ちは卑怯だから原稿で立ち向うより方法はなかった。それをのせようとしても、何時も山村は先きに雑誌にのし出ていたのである。

町の居酒屋で私は若い剣士に言った。山村暮鳥の詩にはいろいろなものが這入りこんでいるね、高村光太郎もいるし萩原朔太郎もいるし、ボードレエルも居れば未来派の絵かきもいるね、感受性が強くてまねをしたがる、まねがすぐ消化されて山村のものになるが、見ていても危ないと私はいった。詩というものは先ずまねをしなければ伸びない、まねをしていても、まねの屑を棄てなければならない、山村は片ッ端からその屑を取り棄てているが、一体、あの人はどういう詩を最後につかまえるのだと、私は山村に疑義を持ち、赤い鰯身の腰刀を居酒屋の木の床に酔って打っつけた。前橋出身の剣士はいった。とにかく山村と結局われわれは一緒になることになろう、違うところは違ってもぶらぶらしているのは、われわれ三人ということになる、おめえは叩き斬るというが、却って叩き斬られるかも知れないぜ、変に憂鬱に黙りこんで物もいわないで眼配りばかり油断していないのは、温和《おとな》しいくせもので、手に負えない奴かも知れないのだ。

そのうち暮鳥は平仮名の詩を書き出した。全篇悉く平仮名を用い、硬苦しい素材を柔らかく盛ろうとする行き方であった。平仮名の詩をかくということは、一種の行き詰まりを意味するものであって、大ていの詩人はそこに一度ははいり込んではみるが、平仮名ばかりの詩のもの足りなさ、しまりのなさ、そして何処かばかばかしい遊びに似たものから、直ぐに離れたくなるのだ、何だか自分のちからが尽き、ひらがなの列ががたがたに崩れるのを見て、ここにも、うかうかしていられない焦りを感じるものであった。併し暮鳥はそこでとうとう坐りこんで、ここにも自分の行き方があるのかと、却って展がる才能さえ見出したくらいであった。私は萩原にいった。あれは少数の詩に限っては効果はあるが、平仮名詩で打ち通す気はないだろう。そのとおりに暮鳥は或る時期でそれを打ち切って了った。私は暮鳥がひらがな詩を書いているので、殆ど、その追従はしないで過ごした。萩原の全詩集を通じても、平仮名の詩は一篇も書いていない、偶然ではあるが暮鳥との間は、そんな機会を外すことがせめてもの萩原や私の矜持であったのであろう。それと同時に、平仮名で詩の全篇を打ちとおすことは、やはり詩の行きづまりであることに、間違いはなかった。暮鳥の場合は、詩の素材が日常の言葉に少しの飾りを見せず、いつもすらすらと何でもないことのような表現が、うまく平仮名に溶け合った効果をもたらしたものであろう。今日、暮鳥のこれらの平仮名の詩を読んでいると、詩技詩作に手を尽していながら、どこにも出られなかった悶えを感じて、暮鳥の苦しみがよく解る気がした。どこにも、生活のつながりや呼吸づかいが表現されていた彼の詩は、どこかばかばかしい、当り前すぎるような多くの内容を発見するが、そこには千家元麿の詩の平易さも見られた。

沼

やまのうへにふるきぬまあり、
ぬまはいのれるひとのすがた、
そのみづのしづかなる
そのみづにうつれるそらの
くもは、かなしや、
みづとりのそよふくかぜにおどろき、
ほと、しづみぬるみづのそこ、
そらのくもこそゆらめける。
あはれ、いりひのかがやかに
みづとりは

かく、うきつしづみつ
こころのごときぬまなれば
さみしきはなもにほふなれ。

やまのうへにふるきぬまあり
そのみづのまぼろし、
ただ、ひとつなるみづとり。

風景

純銀もざいく

いちめんのなのはな
いちめんのなのはな
いちめんのなのはな
いちめんのなのはな
いちめんのなのはな

いちめんのなのはな
いちめんのなのはな
かすかなるむぎぶえ
いちめんのなのはな

（後略）

　この「風景」は三章二十七行に亙る詩であるが、各章行末にある一行だけが違っている外は、いちめんのなのはなという同じ行列であって、これを初めて読んだ時は遊び過ぎているようで、素直に読んで味わう気がなかった。原稿紙のうえのいたずらがそうさせたのだろうと思っていたが、暮鳥逝いて三十五年後の私の今日の机のうえでは、その菜の花の危険を冒した表現は、いまは美しく野の花が盛りこぼれていて、牧師をしていたことのある山村暮鳥が、この一面菜の花の中を歩いているような気が、するのである。隙間を狙って亡きものにしようとした田舎出の私は、やっと赤鰯の腰の物は他人に呉れて遣り、いっぱし一人前のぴかぴかした刀を差して後ろに坐っているが、人を斬るどころか、人に斬られてもくそくらえという平気な顔付で、肩の骨柱を聳やかしていた。私は自分の詩でも小説でも、一度に滅びてしまっても、後世をたのむ気は常日頃持たなかったが、暮鳥のこの詩を読むと後世をたのむということも、詩の場合には、たのみ甲斐のあることに思われた。いま、この詩を三誦していると、詩より外に往きどころのなかった暮鳥の、ぎりぎりの哀吟に邂逅するのである。

　たびたび人にも言い自分でも書いて来たものだが、小説や物語で当時一世を風靡した作品でも、時勢がちがい年月が経つと読者はムカシの小説をたずねて読むということはしない、小説はらんまんたる桜の散るように、くたくたになってその時世の通用の役割を果すと滅びてしまう。併し詩というものは次の時代の若い人が態々これを古本街に尋ねて、跡を絶たないものだ。表紙は剝げ印刷紙の色は黄ろく汚点を打っていても、若い読者はこれを宝石の大事さで愛撫している。こういう小説の読者という者は実に稀なのである。詩集の絶版本を尋ね当てた人の嬉しそうな顔色を度たび見て、そういう鮮度の高い愛書の心を失っている私自身を、あんたんとして私は回顧する時があった。小説は滅びて読まれなくとも、詩は亡びないということだけは私の永い生涯に、摑み得た真実であったのだ。

　山村暮鳥詩集の解説にも、私は再三この後世と詩人の関係に就いて書いている。「小説は変るし新しくなるから、そんな物を捜し出して読む必要はないのだ、金や名声の為にでっち上げたものと、食うことをさえ控え目にしてしぼり上げた詩というものの違いは、そこから起って来るのである。山村暮鳥の十倍くらいの有名を持った小説家はざらにあった。拍手が起っていたそれらの十倍も有名だった小説家の書物が、今日、暮鳥の詩集をさがし出して読まれることにくらべては、実に絶無の事である。誰も古い小説などは読もうとしないのである。読む必要がないのだ。」

大正三、四年頃であろうか、年も暮れようとする十二月の二十九日に、突然、山村暮鳥は当時田端の百姓家の離れに下宿していた私を訪ねて来た。その百姓家の離れは庭に柿の木も芙蓉の花も見られるし、殆ど隣室との関係のない、今どき東京では見られない閑静な部屋だった。暮鳥は私とは五つ年上であり落着きもあって、髭を生やし容貌は温和な詩人風であった。その以前から手紙で知り合い、詩の雑誌『感情』を毎月私は編輯していた。同人は萩原朔太郎、山村暮鳥、恩地孝四郎、多田不二、竹村俊郎に私であったが、同人費は五円ずつ出し合っていたが、萩原と竹村とが主に出資していて、暮鳥は私の雑誌経営の困難さを聞くときっと五円ずつの費用を出そうと言ってくれた。併し暮鳥がこの年の暮れようとしている東京に、何の用事があったのだろうかという疑いを私は必然に持った。寝具に客用なぞのない貧乏暮らしの私は、近くの貸しふとん屋から一人前の寝具を借り入れ、雑用の金を作るために質屋に衣類を持って行き、暮鳥の知らない間にそれらの用意を整えていた。三十日も暮れ、三十一日になり正月元旦になっても、暮鳥は悠然と帰郷するふうもなかった。その間に『詩歌』の前田夕暮を訪ねて行き、新潮社に翻訳『ドストエフスキイの書簡』の原稿を持って行った。その翻訳の売り込みが大事な上京原因であったらしい。とにかく家庭を持ちすでに結婚しているのであり、家を空けるということに、よくよくの事情があるらしく、事情は私に判っている気がしても、それを聞き糾すというほどの親睦さもないし、暮鳥はそれら家庭の事には一さい口を割らなかった。ただ、君が不自由しているのに泊り込んで済まないと低い声でいい、これは同人費でもあるが更めて同人費は送ってもよいからと、彼は参円ばかりの金を或る朝食後に差し出して、下宿料の方に廻してくれというのであった。当時、この百姓家の離れの六畳は、電灯代を入れてたった七円五拾銭であり、私は下宿料その他で一文も、借金を作っていなかった。一度に支払えない時は二度に分けて払い、宿の気受けも好く、ここでおちついて信用を得て勉強をしなければならぬと、永年の放浪生活から足を洗い、腹をすえていたのだ。

暮鳥の寝具の上げ下ろしは、勢い私がつとめる役目だった。この田舎の殿様は、感嘆これ措くあたわざる語調で或る日言われた。

「毎日寝具の上げ下ろしは大変だね。」

併し私は却って暮鳥のこの言葉が、不思議に頭にひびいた。何も寝具の上げ下ろしが大変なことはないはずだ、変なことをいう男だ、私は暮鳥がいつも夜具を自分で上げなくて、奥さんに上げて貰っていることに気がつかなかった。奥さんのある人のことでは、その家庭の様子さえはっきり判らないひとり者である私は、夜具の上げ下ろしが奥さんの役であることが、想像することさえ出来なかった。それから又、この牧師さんは事ごとにしみじみナゲクがゴトク、私の顔を見つめて言った。

「君は女の人もいなくて不自由だね、こんな所に一人下宿なぞしていてね。」

この言葉の、君はさびしそうだね、という、その意味もお世辞のように聴えた。奥さんという者を持った人間が、女のいない家に滞在していると、しきりに奥さんという者が引き合いに出され、思い返されて来るものらしかった。だが、結婚はすぐしたくても寄り手のない私は、何故、暮鳥が毎日私をなぐさめているのか、その原因が何処にあるのか判らなかった。

暮鳥は間もなく私の宿を立ったが、その折に風呂敷包から取り出して見せてくれた、『ドストエフスキイ書簡集』は、大正七年に新潮社から出版された。この翻訳著書は私には暮鳥の根気一杯の仕事だったように思われ、彼の重要な詩集よりも、もっと深刻な思い出を強制して来ていた。そして彼が貧乏書生の私の下宿に身を寄せた原因が、どこにあるのか、いまだに解っているようで、判らない。暮鳥は茨城の田舎に帰郷すると、すぐ同人費五円を送付して来た。彼も苦しかったろうが、私も窮し果てていたのだ。その後も、暮鳥からはどうして私を突然訪ねたかも報らせて来ないし、私もついに、それを糺す手紙も書かないまま、いまだに、暮鳥を想うとその謎が浮んで来るのである。

印　象

むぎのはたけのおそろしさ……
むぎのはたけのおそろしさ

にほひはうすれゆくゐんらく
ひつそりとかぜもなし
きけ、ふるびたるまひるのといきを
おもひなやみてびはしたたり
せつがいされたるきんのたいやう
あいはむぎほのひとつびとつに
さみしきかげをとりかこめり。

　註　六行目、び、は「美」
　　八行目、あい、は「愛」

気　稟

鴉は
木に眠り
豆は
莢の中

秋の日の
真実
丘の畑
きんいろ。

蔓

ひとすぢのつるをたぐる
ひとすぢのつるのくずばな
しろがねのをゆびさしのべ
そのつるをたぐる
むらさきのはなのかなしみ
いとほのかなるにほひは
わがむねにおそろしきあらしをよぶか
うつくしきつるたぐる

水戸の高等学校に講演を頼まれ萩原朔太郎と二人で出掛けたが、その出立の日に初めて山村暮鳥夫人を訪ね、挨拶がわりの門前の立話でお別れした。それはその前の日に、那珂川のほとりまでくるまで往って、那珂川という洪水後の大川を見たのであった。その途中に偶然に丘状を作った林の中、叢の深い間に小径のついた暮鳥の詩碑を見出して、くるまを停める間もなく過ぎて了った。くるまを停めて態々詩碑をあおぎ見るには、学校側の案内する人への気兼と、妙な気恥かしさがあった。だから私は言いかけてくるまは停めなくともよいと言って、剛情に素通りして了ってから、降りて詩碑の頭をなでて見たかったとも言ったが、詩碑の嫌いな萩原は何も言わず気にもしないふうであった。学校側の人に聞くと暮鳥夫人は水戸市にいられ、産婆の業をしていられると言われた。それなら挨拶に上ろうじゃないかと、萩原の返事も聞かないで、先刻、詩碑の前を素通りにしたお詫びかたがた、夫人を訪ねようと果物籠を町で用意して出掛けた。

暮鳥夫人はよくふとって健康そうであり、私は挨拶の言葉をくり返している間も、萩原朔太郎は黙って立ん坊をし、笑いさえすれば礼儀にかなうように始終にこにこしていた。面倒な事や日常の礼節の行事を避けている萩原は、お愛想《あいそ》らしいことも言わずに外に出て了った。併し旧友の夫人を旅行中に訪ねたということが、萩原を機嫌好くし、感慨もまた一入清純のように見受けた。

萩原と私が水戸の停車場の歩廊に立っていると、一人の少女が前に来て親しそうにお時儀をし、わたくしは山村の娘でございますが、今日お立ちのことをうかがって、ちょっとでも、ご挨拶がしたくて参りました。これはほんのおしるしですがと言い、水戸の名産を二折、一つは萩原様にというふうに言われ、私はこの伶子さんという暮鳥令嬢に、ペコペコ頭を下げた。恰度、彼女のうしろにもう一人少女が立っていて、これが妹ですといわれ、私は二人の旧友のお嬢さんを見て、暮鳥死して珠ありという瞬間の感慨を、永い間忘られなかった。あれから十七、八年になり、間もなく結婚されたように聞いていたが、幸せでいられることを私は疑わない。私はつねに男であるために幸せは其処らを掻き廻しても、捜り当てられる気はしているが、女の人にも何が何でも幸せだけは捜り出して貰わねばならないと考えている。……

私は戦後、暮鳥の詩集が出版されるたびに、乞われて解説序跋の類を四たびも書いていたが、今度の小伝で五度それを繰り返している。一人の詩人のために五度も序跋を書くということは稀れであり、私自身に取っても初めてのことであった。因縁も深いが暮鳥の著書にそれを加えるに、適任者がないためであろうと思うた。昭和三年の暮鳥詩集（厚生閣書店）には、「暮鳥は牧師の聖職に従うてゐたが、寧ろ暮鳥は芸術的宗教を奉じた側の人だつた。彼が牧師を辞したことは文学の中にあるもので、宗教にまさる真実を発見したためであらう。彼の終始した宗教、その耶蘇教的偽瞞の中にすら多くの真実は最後まで彼をとらへ、彼を憂鬱にしたことも実際であつた。宗教をいとうた彼の生活も所詮文学表現の上では常に一つの思想としての宗教であり、目標としてゐた。だから彼の生涯の中で絶えず明滅されたこれらの灯しびは、或ひは点り、或ひは消え失せ、或ひは迷はせ、或ひは混雑を来らしてゐた。その様式の転換、語彙の意図、素材の選択、といふふうに絶えず苦心をしてゐた点では、彼はくるしめる詩人であつたし、才能一杯の仕事をしてゐた人でもあつたのだ。」というふうに結んでいるが、突き込んでいえば、暮鳥はいつも用意なくして、詩作の中にはいり込んでいたことが、今日に於て悔まれ惜しまれることになったのだ。たくさんの才能を持った詩人ならともかく、暮鳥の詩に見られるように、いつもわかりやすく、また解りやすい言葉で詩作した詩人は、いつもわかりやすいだけに、深い含みが見付けられぬのは遺憾であった。

昭和二十二年発行の山村暮鳥詩集（高桐書院）には、昭和二十六年発行の暮鳥詩集（酣燈社）、及び昭和二十七年発行の文庫本山村暮鳥詩集（新潮社）にも、それぞれに私は序跋を物し解説を試みていた。高桐書院の序には、「山村暮鳥は何時も詩の鮮度に永いあこがれを持ち、倦まずその現はし方や形式は敏感に苦心をしてゐた。よき時間の余裕があつたためであらうが、それが効果的であるのも、また、ないものもあつた。その多作はどうにか招かうとする道の広大さに、何時も突き返されてゐたのだ。」そして更に私は数行を加えている。「このごろ山村暮鳥の詩を読まうとしてゐる人の多いのは、彼の詩の素直さ、あどけなさ、判りやすさが彼に読者を惹きつけてゐるのであらう、実際は山村の詩はうまい詩ではない、ぎよつとして読み直さうとする気構へを与へるものはないが、何時の間にかその素直さに魅せられてしまふものがある。」こういうふうにいい加減な私の序跋にくり返して私は述べていた。併しこの何時の間にか魅せられて了うということを、私の曖昧さを、どう訂正しようもないのは、山村の詩の底に確かりした構えのなかったことを、私は三たび付け加えたい、つまり山村は完成期を俟たずに死んだということが、後期制作に当然在るものが遂に見られなかったことを意味するのである。ああいう敏感と勉強と学識とを持っていた人が、この時代まで辿り着いていたなら、必ず私の驚くものを眼に見せてくれたのであろう。詩人は早く死んではならない、何が何でも生き抜いて書いていなければならないのだ、生きることは詩を毎日書くことと同じことなのだ。私自身にとっても馬齢を重ねて七十にあと一年しかないのだが、四、五年か或いは二、三年前かに死んでいたら、今日の仕事の積みかさなりが見られなかったわけである。永く生きて来て気のつくことは此の生き抜く以外に何もないことなのだ、山村暮鳥、萩原朔太郎、百田宗治、佐藤惣之助、津村信夫、立原道造、堀辰雄の皆は死に、その死を傷むこころはこの伝記を綴ることによって一層に感慨は深い、もう後五十年経てば人間は六十歳くらいの年齢で、改健期の国家手術が行われ、いまの生年の二倍くらい生きられることはうけあいである。つまり心臓とか胃腸とか頭脳とか視力とかの老衰状態は、その部分の改健手術によって保存されるのである。その時世にあっては人間の性格というものの悪埒残虐な行為も、いまの倍加を意味するであろうが、文学事業の永年期制作も驚くべき長年月に亙って制作され、ちょっとしたお座なりの才能では及ぶまい、そういう天国《ごくらく》をみすみす指折り算えながらわれわれは死ななければならないことは、額に汗する思いなのである。併し先きに多くの死んだ諸詩人に対しては、われわれもまた従順に死んでやらねばならぬのであろう。死ぬのではない、死んでやるのである。君、来たかいと言い、うん、厭だけれどとうとう来た、仲間に入れてくれと哀願するより外はないのである。

ある時

春のよふけは
気味悪いほど静穏《しづか》だ
なにかが
みんなとろけてしまつたやうだ
本を読んでゐると
遠くの方がひとところ
馬鹿ににぎやかになりだした

なんだらう
いまごろ
縁側にでてみると
あんまりしづかなよふけなので
そこだけがぽつかりと明るく
まるで大きな牡丹でもさいてゐるやうにおもはれる
喧嘩のやうだな

いのり

つりばりぞそらよりたれつ
まぼろしのこがねのうをら
さみしさに
さみしさに
そのはりをのみ。

手

しつかりと
にぎつてゐた手を
ひらいてみた

ひらいてみたが
なんにも
なかつた

しつかりと
にぎらせたのも
さびしさである

それをまた
ひらかせたのも

さびしさである

いままでに私は詩友数人の小伝を述説して来たが、その執筆の間に迫るものは、いつもしんしんたる死のはかなさ、避けがたさ、腹立たしさである。しかも数人の詩友の外側で生きのこり、詩友の小伝を書くという為すまじき事を為し果したことである。また私の書いたもので伝記とか研究とかいう、しかつめらしい物はこれらの小伝だけであった。そういう年代著作の整理を故人の間にもとめる仕事は私に不適当であるのに、書き来って此処に立って見れば、こういう窮屈な仕事の一綴りくらいあっても、私のために却って宜いということであった。しかも、暮鳥の伝記には何時もながらのあじけなさを感じたのは、それは暮鳥の生涯を通じて華かさを持たず、流行の時を築かなかったことにあった。誰でも幾らかはやった時もあるものだが、暮鳥は外から見ては余りにじみであり、そっとしすぎていたようだ。『風景』という詩の雑誌を出していた頃の彼は、わずかな賑かさを提えていたに過ぎないのだ。

山村暮鳥、本名、土田八九十といい、明治十七年一月、群馬県群馬郡堤ヶ岡に生まれた。私は明治二十二年の生まれであるから、暮鳥は私より五つ年上であった。

明治三十二年（十六歳）小学校代用教員となり、前橋市在住の英人宣教師について学びクリスチャンとなった。

明治三十六年(二十歳)築地の聖三一神学校に入学、この年代より次第に文学開眼期にはいり岩野泡鳴、相馬御風等の雑誌『白百合』に短歌を発表するに至った。

明治四十一年(二十五歳)三一神学校卒業後、秋田県横手町に赴任。

大正二年(三十歳)処女詩集『三人の処女』を自費出版、土田富士子と結婚した。

大正四年(三十二歳)詩集『聖三稜玻璃』を室生犀星の経営する人魚詩社から発行、装幀製本一切室生がこれを為し、特製本羊皮製で当時これを金五円で頒布した。この書物はその後市上に見られないが、私が詩友の製本まで手伝ったのはこの詩友の詩集が初めてであった。

大正七年(三十五歳)水戸に転任、この頃より折々喀血す。『ドストエフスキイの書簡』(新潮社)、詩集『風は草木にささやいた』(白日社)を出版した。白日社は歌人前田夕暮が経営していた。

大正九年大洗の森近い磯浜に住居を移し、ここを永住の地にさだめ、大正十三年十二月八日永眠した。水戸市祇園寺境内に葬る。

生涯の著作はきわめて尠ないが、左記は書きもらした書物である。

大正九年　童話集『チルチル・ミチル』(洛陽堂発行)

同十年　詩集『梢の巣にて』(叢文閣)

同十年　童話『少年行』（創文社）
同十一年　小説『十字架』（隆文館）
同　童謡童話集『万物の世界』（真珠書房）
同　詩集『穀粒』（隆文館）
同　童話『芦舟の児』（日曜世界社）
同　童話集『お菓子の城』（文星閣）
同十二年　童話『鉄の靴』（内外出版社）
同十四年　詩集『雲』（イデア書房）

百田宗治

百田宗治と酒場で遊んでいて、私が女の人の美所美点を見付けて何か言っても、百田は決して同調しないで、それは君の好みなんだよ、と、いつも素気なく突っぱねていた。呆気ないくらいの酷薄冷情の批判は、一応、どのような美人をも先ず冒頭からけなしつけていた。この人がむちゅうになって褒めた女の人を私は見たことがない、何だ彼だと細かい事には触れないで、一撃のもとに彼は手きびしく難癖をつけた。たまにつくづく私の褒めた人を見直して、そういえば誰かに似ている美人共通のからみがあるね、と、同感することもあるが、大概は批評家のむつかしい言い方をそのまま打っつけた。批評家には子供の無邪気さがいつも横溢していて、途中で出会ってもにこりともしないくせに、ちょっと佳い物を書いた作家には、親兄弟もおよばない深切丁寧な発情をするものだが、百田宗治はヒヤヤカで飛び付いて共に踊る人ではなかった。心で思うても、言葉には体裁みたいなものがあって、それが直ぐ、彼を何事にも正直な告白をさせなかった。百田宗治を自ら好んで先生扱いにする伊藤整の大成は、正直で純情で赧い顔をしながら毒舌をちらりと出す人だが、その大胆な正直さが彼をのびのびと、今は好きなことを言わせるようにしているのだ。

百田宗治は孰方《どっち》かといえば美貌の老青年、伊藤整もまた天下にかくれない美貌の作家であった。百田には幾らかの気障と構えとがあって、お喋べりもまたそれに準じているが、伊藤は開け放しで内剛外柔で構えは羞かしそうなことを、匿さずにいた。百田は羞かしいことは現わさないいし、内柔外剛のトンチンカンを持っていた。この二人を見ていると作家詩人というものの生き方がよく判るし、その生き方で大成するしないかも判然として来る。百田宗治はばかばかしい事をする人ではない、美人は美人と判断をつける前によく心で研究する人である。たとえば私なぞは判断も何もしないで、すぐ好きな人にかぞえるウワキがある。よく知らないが伊藤整にも大胆な正直さがあるとすれば、すぐ消散するウワキの花火をつけて眺める人であるかも知れぬ。

百田宗治のりこうさには私は敵《かな》わないが、りこうさがいつも小さく纏っていたため、初期の詩に見る生硬さが発展の邪魔立てをしていたように思われる。硬さが必要であったこの時代ではあったが、柔らかい物とうまく融かせることを彼はわすれていた、というより気づかずにいたのだ。つまり詩には沢山の才華がいるはずなのに、彼はその何本かを頭に用意することがなかったのである。

併しこの詩人が大阪から出版した、『一人と全体』という詩集を送りとどけてくれた時に、私はむねがすっきりする愉快を感じたものだ。私の詩にあるぐにゃぐにゃした抒情風なものを、握り締めたようなきびきびした詩の主体が、私に非凡な詩才をうなずかせた。彼の詩のどれもそつのある表現の詩はない、隅から隅をたたみこんでいる。私は未知の百田に礼状を書いて、『一人と全体』という処女詩集をたいせつに所蔵した。

彼の詩の現われは西欧風で、当時流行《はや》った民衆派であったが、民衆派の詩脈がいかにも威張り返ったところがあって、表現は脅迫的でのしかかって来るところに、彼が西欧の詩を悪くうけとっていたことが見られ、私はその点では不賛成であった。併し当時にあってはつねに見事な完成が彼の詩の上に早くもあらわれ、何のことはない、最初から完成している詩人の傾きさえあった。山村暮鳥や萩原朔太郎などと較べると、ずっと、聡明でカチカチ鳴っている男であっただけ、カチカチしたものは、ただのカチカチで終ったところがあった。萩原朔太郎のカチカチ鳴ったものには、黄金《キン》のおとがまじっていたとすれば、百田宗治のカチカチには洋銀《ギン》のおとがあった。こんな事を彼の前で言っても彼は決して怒らない男である。おれも始終そう思っているんだが、おれは洋銀《ギン》の音の方が性に合っているんだと、言いそうに思われる。そしてその事をこのりこうな詩人はふかく頭にいれて、そのために悩み傷《いた》むというふうな男であった。絶えざる反省がありすぎるほどある男だ、反省しすぎて気が小さくなっているふしもあった。

　彼は誰にもしんせつで世話好きだったが、仕事のうえでは誰人も褒めず、また、若い一人の詩人にむちゅうにならなかった。あれはちょっといい詩を書くがあのままでは困るとかいい、難くせを付け痛いところに触れ、いつも気むずかしい批判家の立場をとっていた。それが身上なのだ。彼は晩年詩から遠ざかって教育雑誌に関係して、童謡とか子供の詩とかに打ち込んで行ったのは、生活的にそこに引きずり込まれた原因もあるが、若いうちから完成された人となりの向きが、如何にも向いた場所を得たような閉じこもりを与えて得たのである。私は彼が千葉の海浜に去ってから会うこともまれであり、そして正攻法的に文学の上で名前を見ることのすくない彼を、なんとなく気にしながら遠のく感じであった。つまり百田宗治のりこうさと大事を取った生活面が、ほんの少しばかりの文学上の暴れ方を許さずに、年輪はかれにくい込んで行ったのである。勇敢な『一人と全体』の詩人は夕方の汽車に揺られ、たまに東京に出ても厭気がさして平穏な海浜の家にかえりたがっていることにも、彼はその聡明を育てるには最早めんどう臭いふうであった。私はこの友のそれを慄然と身にこたえて感じ、文学と聡明という問題をいつも考え込んだのだ。私のようにばかづらをして年中馬鹿小説を書いている男と、詩学また至らざるなき彼の童謡詩の育生とを比較して見て、私はためらいを感じながら終生ばか小説の執念から脱けられないのも、遂にやむをえざるものとしていた。彼は教育者という快よい一つの座席を発見してから、そこに居心地のよいあたらしい一員を自分に見付け、これも、やむをえざるものとした。彼はつねに此の結論の言葉であるところの、やむをえざるものを迎え、やむをえざるものと取っ組んだが、結局つまらない物でも彼はいつもいい加減には打棄《うっちゃ》らないで、熱心にしんせつに取っ組んでいたのである。

彼女の甦り

ある夕、私は思つた、
地球上に生存するあらゆる動物、植物、人類、その外のあらゆる無機物に至るまですべてのものを私と共に包含したいと、
私の知らぬ、しかしながら私自身よりもよく知られてゐる何億万人かの人々、
（中略）
私はひとしくそれらのもの、なかに私の生命をひたしたいと思つた、
それらのものと、もに直接に生きたいと思つた、
（中略）
私は彼女を愛した、
私は彼女を得るために困難な危険を犯した、

私等は力を合せて私等の共同の敵に向つて進んだ、
そして私等の力が遂に打勝つたのだ、
それから私等に平和が来た、光明が来た、
そしていま彼女は私のものである、
彼女は私の胸にのみ生きてゐる、
彼女はこの家を外にしては生きてゆくべき道を持たない、
彼女は私を離れるときに哀れな孤児であらねばならない、
しかし私は彼女をも捨てねばならない、

（中略）

私はあらゆる内なる心に蜂起するところのものを殺した、
哀れなるデリラよ、私は遂に彼女を押出した、

（中略）

私は鍵を下した、それから窓の下に走つた、
そこで一瞬間私は息を凝した、

（中略）

私は両手を挙げた、私は群集のなかに躍り込まうとした、
おゝその時、私は人々の間に擁せられてほほゑむ聖き一人の女性をみた、

彼等の中央にまもられて光のなかを歩んでくる一人の女性、
おゝそれこそは彼女である、
彼女の瞳、その頰その身体が私に眩しい、彼女が私に近づいた、
おゝ、私は彼女の甦つてくるのをみた、
それは真紅の上衣を着、頭に神の栄光と冠を持つてゐる、
おゝ万人の歓喜よ、
すべてのものが彼女を囲繞して来た、
すべてのものが彼女を讃嘆した、
おゝ私はいま人類に生きる、
私はいまあらゆるものをこの胸の上に受取る、
私は彼らのすべてを抱き、彼らのすべてに接吻する、
おゝそして彼等のよろこびと叫喚にいま私の戸口は破られる。

今日《こんにち》、この詩を読むと、すでに古典風で隔世の感があるが、内容からいえばこの詩人の思いには堂々とした、重い西欧名画の接触がある。ねらいに間違いはない、却って彼が折々の自然への着眼や、そのあしらいには稚気があって抜け切った透明さがない、つまりこの詩には一人の女を見直そうとした彼に、完全に見直すことの出来た歓喜はあるけれ

ど、詩では、こういう表現効果は容易に捉えることが出来ない。

大抵の詩人は一度は小説を書いて見ようという気構えを、いつも発作的に擁《いだ》いているものだが、百田宗治も私が小説を書きはじめた時分に、二、三篇の小説を書いてそれを話していた。私の読んだ一篇に「小売商人の子」という小説があったが、自伝風な作品だが大胆さも繊細さもなく、まとまりがあるだけであった。濁った情熱とか変な頭とか、トンチンカンな物言いとかの必要である小説の世界では、百田はあまりにあっさりした意匠の男であったため、ついに私の喜ぶ一篇をえらぶことが出来なかった。小説をかく男という者は普通の人間とはちっとも変っていないけれど、小説というものを書いた後の作品では、その人間性というものの変り方を強度に感じることが出来るものだ。「彼女の甦り」の題材を詩の上で取り組むことは出来るが、これを物語の上で現わしていくためには数百枚を要するし、小説の困難な砂漠や山嶽が縦横に入り乱れていることを知らねばならぬ。広さの上では殆ど問題にならない広さがあるのだ。彼が彼女の甦りを詩で敷衍したことの謙遜は、やむをえない謙遜であったのであろう。私は小説を書くという人をいつも怖れていた。どんなちんぴらでも、小説くらいは書けるからである。だから、友達が小説を書くということでは、その書いている噂の最中を怖れていた。そこには私というぐうたら人間でさえ書いている小説が存在しているから、私よりりこうな人間の書く小説は、なかなか煙たい物であった。だが、それをちらとでも読んだ時には、怖れはただちに消散するのだ。

私の中にいる永年の小説のむしは寄ってたかって、他人の小説の骨まで舐って批評してくれるからであった。百田宗治は私にはコワイ人でなく、愛し敬まい戯談をかっ飛ばすことで、したしみを増していた。

「君は一たい、どういう女が好きなの、どれにも難くせをつけるじゃないか。」

私の度たびの質問には、彼の流儀では手ぎわ好くこの難問を切り抜けていた。

「それは簡単な問題ではないよ、君はすぐ決定してしまうがね。」

百田宗治は大ていの場合、御家人風な和服を着て、襟もと帯のぐあいもきちんとし、会場などではつねに誰とでも一応は機嫌好く、人見知りをしないで話していた。いつも批評家の立場にあるような彼は、原稿を書くとなかなか柔しくなれない人だが、つきあいには愉しい真実を見せていた。『椎の木』という詩の雑誌を出していた大正十五年終りには、伊藤整、丸山薫、三好達治、北川冬彦、金子光晴、春山行夫、乾直恵、小村定吉等が綺羅星のごとく執筆していたし、後の詩壇をふんづかまえたこの若いサムライ達は、竹刀《しない》袋こそは提げていないが、百田の若い周囲であり背景であった。これほど沢山のえらい詩人をまわりに持った人は、別の意味で福士幸次郎に次ぐ者は百田宗治であったろう。

私も『椎の木』に毎号書かして貰っていたし、それに短かい物をのせることは愉しかった。萩原朔太郎とは酒席でよく議論をしたものだが、百田と私はいちども喧嘩口論をしたことがない、彼はそういう意地悪もしないし、喧嘩のタネになるような事は言わなかった。君は君流でいいんだよと、さっさと片づけた。そして他人をかげで悪罵することもしない男だ、このへんな紳士は文学上の事に限って人を遣っつけるが、こまかい私事の見解には邪気を見せることをしなかった。やはりこのへんな紳士はどこまでも生まれつきの紳士であり、その紳士の体面で押し通したとしか思われない。

百田に最後に会ったのは、死ぬ三、四年前の秋頃であったろうか、今日は君の家で夕食をたべたいのだが、実は西村茂の家に寄ることに手紙で決めてあるからと言い、夕方、帰って行った。西村茂は彼の旧友で彼はこの無名の詩人と仲が善く、友誼を重んじて同じ大森の西村の家で夕食をとる予定だったのである。私は私の長男や娘のことを話し、彼は彼の一人の長男のことを話しあい、坂の上まで私は送って行った。何故か別れしなにあまり子供はずけずけ叱らない方がいいなと言い、私はうむと答えた。彼はマントを着ていたように覚えているが、うろ覚えかも判らない、どうも百田宗治はいつもマントをふうわりと着ている男におもえてならないのである。と、いうことはマントがよく似合う紳士だという意味かも判らぬ。百田とはよく共通の宴会などで行きあうと、私もそうであるが、百田はいつも会場の入口で私を待っていてくれた。冬の晩の宴会が多かったらしく、百田は例の黒のマントを着ていた。そして二人はわずかばかりの酒を街の中で、きゅうくつな宴会のつぐないにして愉しく愛飲したものである。

一個の方舟

各々一対の生物をでなく――今日あらゆる無数の獣類、鳥類、虫類を入れ、
ある選ばれたる種族のうちの幾人をでなく――一切の人間、盗賊をも殺人者をも内に
　したノアの方舟、
宇宙をさまよふ一個の方舟！

いかなる国より

いかなる国よりこし人ぞ
あえかにも
わが前に来たまひし。

いかなる国より
こし人ぞ
わがふところに

眠りたまひぬ。

君わが名を呼ぶ

黄昏となれば
君、わが名を呼ぶ、
かれらかく在るを不思議とて。

（後略）

山茶花

庭の樹々のうへを、
しろい山茶花の花々のうへを
しづかにかげつてゆく陽がある。
――しづかに失はれてゆく希望《のぞみ》がある。

うちつゞく生籬、

ひともとそゝりたつ銀杏、
その頂きを去つて再びきたらぬ日光《ひかり》を見る。
――ふたゝび返らぬ幸福《さいはひ》を見る。

大正十年から十一年にかけて、私は花札を引くことに夢中になっていた。不思議なこの遊びは毎晩続き、昼間も引いていた。その連中に百田宗治夫妻も交じり、しをりという前夫人を連れ、百田は夕方、巣鴨から田端に通うて来た。百田の花は手固い打手であり、私も手固く打った。私の妻、村井清貞、平木二六、萩原朔太郎、たまには芥川龍之介、下島勲も見え、遠くから佐藤惣之助というふうに、客があれば花を引いた。濫作を重ねた私の頭はただれた疲れがあったが、疲れは花札の繚乱たるひらめきを見ると、すぐ恢復するかに思われたが、事実はその反対で一層ふかく疲労したけれど、これを停めるわけに行かなかった。百田が表門から這入って来る気はいを知ると、来たかい、待っていたと言い直ぐ花札を持ち出した。前夫人のしをりさんは美しい人で、その人が話し出すと大阪弁が花札と一緒に絡れて、なまめかしく花札の怨み言や歎きや弾みがはいって来た。百田自身も小説を書こうという気構えのあった時分であり、詩でも、ゆきづまっていたらしく、空いた時間を花でも打って潰していたかったらしい。それに、しをりさんは百田の年上だったし、その愛情の生活も固まりすぎていたから、それも解きほぐしたかったらしかった。

だから二人連れ立って田端の私の家にくるのが、肩の凝りをおとす意味で、百田夫妻の愛欲の凝りもおとしていたようなものだ。私はりょうらんたる花札の絵模様に頭を掻き乱されていて、また、同時に小説の中でも濫作のただれが救えなくて、もだえていたからだ、けれどもいつも金は賭けていなかったし、せいぜい三年も続けて打つと私はへとへとになった。何故、そんな二年間も永いあいだ花札が続いたのか、やはり小説を書いて世に出たということが、妙にぴかぴかした花札を切ることで愉快にならせたのかも知れぬ。その頃、宇野浩二が見え、滝井孝作が来て手合せを一度やったが、この二人の長脇差はとても私なぞ及ばないその道の、強引な打手であった。こんなうまい花を引くということは小説家としての彼等の上達も、うかがわなければならぬ慎重さで、私は手固さ一方で立ち対《むか》ったが、滝井孝作の深淵よどみを見せざる引手には、舌をまいたくらいだ。

百田の前夫人は柔しい人であり、着物の好みも百田にまで及んでいて、百田が愛するよりも愛されているという側の見方が、されているようであったが、最初はどうかは知らぬが、やはり百田が堂々と愛していたように思われた。余りに女らしく、いたいたしい仕えを見せていたのは年上のせいであったろうが、年上の夫人を持つということにも、たいへん劬りを見せねばならぬことをこの夫妻の上にみとめた。私は好感をもって此のいたいたしい夫人を見ていたが、百田宗治はしをりさんにはお前とか君とかは言わず、あんた、あんたと呼んでいた。そのあんた、あんたという呼び方は不自然ではなく、結局、あんたと呼ばなければならないあんたであった。このあんたさんは大阪で或る事情から相当以上の遺産をうけとっていて、その金が二人の間にらくにつかわれ、百田もその事には拘泥《こだ》わらずに、しをりさんも気持よく百田のためにというのではなく、自分自身のために愉しくつかっていた。こんなところから、あんたという言葉が出たのかも知れぬが、やはり大阪人のやさしい交際の最初からつかわれていた言葉として、これを見た方がいいのであろう。も一つは、年上だったせいもあって、あんたはん呼ばわりが続いたのであろう、夫婦の仲でも年をとり地位というものの出来た人達は、おくさんをだんだんに、あんたと呼ぶようになるようだ、それもあなたのなのところを「あんた」というのが、てれかくしで、よび好いためなのであろう。

百田宗治はしかし同棲十年で、このしをりさんとついに別れた。別れた後の何年かに、私は駒込駅で彼女にゆきあったが、老けた悲しい化粧姿が、つい私に深く帽子を脱がせ、丁寧に頭をさげさせた。私は彼女の老いに対して世にも物しずかに挨拶をしたのである。彼女と百田との間ではよく話し合いがついて別れたが、彼女は長唄の師匠をして世を遠のいてくらしていたらしく、気性に向いた暮らしをするために、何軒かの大阪にあった長屋を処分したとか聞いていたが、明治から大正にかけた婦人の片鏡のような人で、いまは斯様な優しいおばさんは滅多に見ることは出来ないのであろう。

何年か前にどこの誰にきいたのか覚えていないが、このあんたはんは、別のよい人につき添われて亡くなったことを仄聞した。その時の感銘は墓石に映るいたいけな花のようで、少時その石のおもてから眼を離さずにいたい気持だった。

触目

ひとりで生き、この世を観
この世の雨の音をきき
そしてまた死んで行つたとしても
何者をこの世に残さなかつたとしても
それだけで沢山ではないか
かすかな薄日を落しただけで
日のひかりは消えてゆくではないか
その片鱗をかがやかせただけで
蝶はわが眼から失はれて行つたではないか

何もない庭

日がかげれば
何もない庭はさびしい。
日さへ照つてゐれば、
万朶の花の咲きにほふ心地がする。

ぱいぷの中の家族

僕は暗い夜の荒蕪地を横ぎつてゆく。
僕の口にはぱいぷがある。
ぱいぷの中には家族がある。

一本の竹

一本の竹をそだて、

一本の竹をふやし。

掌《てのひら》ほどの日のひかりを愛し、
掌ほどの日のひかりを尊び。

蚕《かひこ》のやうに一人の子を大切にし、
蚕のやうに一人の子を衣《きぬ》にまき。

夜ごとの食膳を愉《たの》しみ、
夜ごとの星々を空にあがめ。

五、六年前、新宿のとわだという料理店で、百田宗治の還暦の祝いの小宴があった。たくさんのサムライ詩人が集まったが、私は胃が悪くて出席不可能で娘の朝子が代りに出た。恰度、娘は大正十二年の震災の時にうまれ、病院から上野に避難していたときに、百田が一緒に上野まで捜しに来てくれ、私は友情に感泣したものであったが、その娘が還暦の会に出たことが百田を喜ばせたらしく、当夜の感想記にも三、四行それを書いてくれ、私も娘とともにその三、四行書かれたことに嬉しい思いがした。作家詩人という者はなかなか三、四行書いてくれることをしない気の重い人達で、対手がえらい人とか、飛び切り有名でなかったら滅多に自分の文章には、他の作家の名前は書かぬものだ。幸い百田は娘が大きくなったと書いてくれた上、恰も世上の娘というものは年をとらないふうに思うていた。私もそれは同感で娘というものは、決して娘までの年齢でいつもとまって居てほしかった。娘が赤ん坊を生むということは、どんなに考えて見てもいやである。いやであっても、そんな無茶苦茶がとおるものではないが、相成るべくはムスメはムスメで母親ではないはずに終らせたい。

扨て小宴が終ってから百田から手紙が来て、君の娘さんに会って二次会まで連れ立って行き、たいへん愉しかったと書いてあったから、私はジジムサイ顔を皆さんの前にさらけ出すより、まだ娘の方が女だからと思って代らせたが、盛会の由を聞いて君の周囲の人達の友情の厚きを知ったと、返事をかいて出した。私は還暦の会なぞばかばかしくて他人がすすめてくれても、催す気にはならない、自分でさんざん悪い事をしたような過失の年を、他人様の時間まで引き奪って祝って貰うなどとは、虫のよい話である。名誉慾というものは死年が近づくと殖える一方で、何かというと名前を出したがるものだが、どうせ、うきぐさの売立稼業、駕から振り落されたサムライだか、鰊だかわかったものではない、ふらふら軒の低い薄暗い田舎の町端れで、行き倒れになってもよいはずなのだ。一度は江戸で肩で風を切ったことを思えば、行き倒れで雪の山々を屏風で囲い、こっそりと死んでゆくのも美しいではないか。明日のわからない売文渡世が今日百万円ぶら下げていても、何にもならない、それより美女と語らって死出の思いを賑やかにした方がよい。

百田は小宴後、二年くらいから、ごほんごほんと咳をしながら、千葉県安房郡岩井町の海岸に夫人の看護をうけ、国語教師達と協力して、小学生の詩や、綴り方作文の指導の文章を書いていた。そして家庭を愉しみ自然を愛し、家を建て庭をつくり、自分がいまある生活がどのあたりの人生だかの見当をつけることに、怯えていた。大概の詩人がみんなさびしく自分を守るだけにとどまるように、百田もやはり其処にとどまっていた。決して私のだらだら文章がはったりをやるような、軒の低い田舎の町で行き倒れになる私の理想なぞ、私自身にもない如く我が百田宗治にも見られなかった。よい夫人にまもられたままであった。

洗面器

僕の乳色の洗面器にはいつもかぐろい海藻が涵つてゐる。
真夜中、僕が呼吸するのは世にも新鮮なオゾーンだ。

揚子江の　夕雲

むらがり　だち
擾《みだ》れて　騒ぐ　この　大きい　夕雲は、
なにを　その　懐ろに　匿して　ゐるので　あらう。
揚子江は　昨日も　たゞ　洋々と　流れ、
けふも　みづから　考ふるところ　あるごとく　渦まいて　ゐる。
（後略）

千葉の岩井町に百田宗治を訪ねた或る詩人は、百田はただの病ではなく肺癌だということを私に話し、退院後も本人には知らせてないが絶望だというのである。その客の帰ったあとで、余りに突然ではあるが兎にかく、すぐに見舞いに行くことになったが、私は胃潰瘍の予後で岩井町まで往復八時間汽車でゆすられることが出来ないので、また娘がその翌日に出掛けることになった。旅館もないさびしい海岸の町なのである。

娘は百田に会ったが、それほどの弱りも見せずに、娘が見舞ったことを大変に喜び、パンとソーセイジとチーズを送ってくれるように言い、食欲も充分であるらしく、娘はまたがたがた汽車にゆすられ夜になって帰宅した。その翌日中央に出て買物をととのえるはずであったが、午後から娘は急に腹痛を訴え、医者の来診を乞うと、急性の盲腸炎であることが判明した。がたがた列車の八時間が禍したのである。彼女はそれっきり起きられず、私はローマイヤに出掛けて買物をして、すぐ食糧を郵送した。娘はそれから二ヵ月寝込み、その間に百田の病勢は悪くなる一方であった。どうかすると精神的にあやふやな一日もあり、また確かりしている日もあるらしかった。秋も深くなり誰々が見舞うたが、もう、だめだという消息を聞いているうちに昭和三十年も十二月にはいった十二日に、死去の電報をうけ取った。娘の盲腸炎は手術しないで抑えたが、恢復して外出が出来るようになったものの、八時間のがたがた列車に乗る冒険は、こんどは控えさせ、私は勿論出かけられなかった。電報の報せを机の上の原稿紙の下に敷いて、一日私は為すこともなくあやふやに送り、あとに残っている奴はおれくらいかと、いつもおなじ浅ましい感慨にふけった。

百田に「嬰児」という詩があった。——（私は、大阪の、みすぼらしい小商人の家の末つ児に生れた。上るとキイキイ音のする古い梯子段の下で、私はいつも固い木箱に入れられたまゝで育つた。（中略）然しやつぱり私は泣き出した、一生懸命に身をもがいて、窮屈な木箱から外に出ようと、私はそればかりにか丶つてゐた。）と、書いている。何の動機でこういう詩を書いたか判らないが、彼の死後、この詩を読むと、死とともに漸く六十年の後につながりを見せていて、こんな詩も書いてあって好いとも思われ、また、書かなくともよかったようにも思われた。斯くて私の愛する詩人達の伝記は、悉く故人ばかりなのである。私が次ぎに書くべき「続・愛する詩人達」は何時になるのか、これは別の詩人がこんどは私をかぞえて、その一人に加えてくれるのだろうか、遠くで山のごとく人びとの哄笑が聴えて来るのだ……。

千家元麿

千家元麿の書は余り沢山見たことはないが、私の家にどんな機会に書いて貰ったものだか、短冊が一枚のこっている。発句は「凧《いかのぼり》霞のなかにのぼりけり」という句で、きちんとした書体には悪くくずそうとしたり、うまい字体に見せようとしたりすることがなく、その儘その時に心にある字を短冊の上に置いたという書き方であった。若くてなまましく、穉拙で、少しも反感を催させない字体である。高村光太郎の原稿なぞも美しく気稟はあるが、やはり気稟のうまさがあってうま過ぎるようだ。千家の遺稿について『心』の編輯者が最近話したところでは、同じ事を沢山に書いてあってどれから採録したらよいか判らない程だそうだ。それから見るとこの一枚の短冊は余りにきちんとして、れいろうの感覚が深い、こう書いているうちにも千家元麿と一等したしく交際していた詩話会時代に、どこかで短冊色紙の類をむだ書きしていた日があるらしい、その日の会合が漠然と想いうかんだ。

詩話会時代というのは、大正末期頃に『日本詩人』という雑誌が新潮社から出版され、当時の編集同人の顔ぶれは、川路柳虹、萩原朔太郎、佐藤惣之助、千家元麿、白鳥省吾、福田正夫、百田宗治というその時代の代表詩人達で、編輯の都度皆が集まっていたものだ、その席上でこの短冊が書かれたものらしく、君にも書いてやるから、君の短冊も一枚書いてくれという千家の機嫌の好い声がいま耳の奥でしている。そんな機会でもなかったら千家の短冊なぞ私の家に、あろうはずがないのである。

私は年代に間違いないよう調べたいのだが、記憶の衰弱と参考書の不備と、それにこれを書いている信濃の田舎の町では、本屋も図書館もない、例によって何時もぼう然とした頭で伝記を書くのだが、そのぼう然の頭の中でも、千家元麿の着物と顔と、突然に前後の関係なく不意に話し出すかと思うと、ぷっつりと話の糸口を切ってしまうその人物印象は、甚だ鮮明に浮んで来るのである。着物は寝押しとか折畳みの手入れのない、外出着らしくないふだんの着物であり、洋服は余り着ていなかったようだ。顔には気障とか気取りとか威張った容子もなく、時々、手巾《ハンカチ》をつかうような人でもなかった。どちらかといえばえらい人の顔立ちではないが、普通の人のだらしなさはなく、ありのままの顔立ちがありのまま以上に、時々横眼でじろりとやる憂鬱さを見せ、それがちょっと応《こた》えて来て、ものを書く人の強さを見せているほかは、変ったところが見えない顔貌であった。一体に作家とか詩人とかいう人達は、たとえばこの人が萩原朔太郎だと紹介されると、今まで名前を聞かない前とは、全然異なった対手方の顔とか人物とかを急激に鋭く感応して来るものだ、これが千家元麿だと紹介されると、今までのふにゃふにゃ男も、その間際からこれが千家元麿かと、見直してかかるものだ。名前というものは恐ろしい強豪なものである。ふだんその人が書いた物で叩き上げた名前というものは、名乗った瞬間に対手方に一どきに、全作品がかぶさって行くようである。紹介された方も頭がすうと澄んで来る。

私は偶然に千家元麿の人物印象のことで、萩原朔太郎の顔とか着物の着方とか、その無頓着とかお酒の事とか、ぎょろりと対手方を見る眼のつかい方を想い起したが、結局、この二人の天才詩人は何処かで何かが似ているという一応の見解に到着するのだ、これは同時にまた正反対の全然似ていないという気がして来るのである。萩原も千家も物事に無頓着である、という点である。大抵の事は鼻先であしらい、すぐ心の閃めきを現わさない点、自分というものを信じ切っているために、他人の事にすぐには賛成も否定もしないところの、どうにでもしていろと言う奥のことばを何時も持っている点では、似ていると思った。ありふれた様子で何気ないふうのもので、千家という人はその顔を誰の前にでも突き出してあははと無邪気に笑って、少しも濁り気を感じさせないのである。萩原も実にそんな気取りのない調子を続けて、人に接していた。自分の持っている偉さを手加減して盛り上げて見せることは、絶対にしないのである。千家と萩原とはその点で酷く似ていた。

千家元麿の詩にはその生活に無頓着さがあっても、すぐれた作品には澄んだものがあった。その耳の澄み方、心の澄み方というものが、彼の詩の蘊に沈み切っている。ふだん、よろよろとだらしなく見える彼も、作品のうえで別の人のおちつき、感動、ひらめきを見せているのである。それに千家は散文の体らくで詩を書きながして行き、しばらく感動をおさえて、表現の諸用式を考えるということをしない、ながれが滑らかになると、それに乗ってつい書きながして了う方《ほう》である。だから、何かきらめいた物に引っかかっていても、それに自分を置いて其処から書きあらためるということをしない、それを知らずに通りすぎることも度たびだった。だから作品のすぐれた界《さかい》では図抜けてすぐれたものが生まれ、書きながした物はそのままに散文とかわりないものになっていた。

岩波文庫の『千家元麿詩集』のあとがきで、千家のよい理解者である宮崎丈二は《武者小路実篤が以前に撰をして出した『千家元麿詩集』（大正十四年十一月　日向、新しき村出版部発行、『村の本』）が出た時、室生犀星が「桜」という詩に非常に感心して、（勿論他の詩にも感心したのだと思うのだが）その本を何冊も買って人にも読ませたということを、当時室生氏のところへ行っていた人から聞いたことがある。》

私はこの宮崎丈二の文章を読んで、千家の詩を読みすすんでいるうち、二、三の作品を見ることが出来て、感激はあたらしく私を打った。私は他の作家の作品で私と同じところ、私の摑まえようとしていることをその人が摑まえていると、のぼせてむやみに褒める男である。褒めることでは無条件であるため、人から気をつけなさい、そんなに有頂天になって褒めると、褒められた方が極り悪く困って了うじゃないか、と、言われることがあった。美人を美人と極めをつけることに何の顧慮がいるものか、美人に難くせをつけるなら、初めから美人だといわない方がよい、千家の詩に口をきわめて褒めるのは、千家の詩の急所がそうさせるのである。読者よ、こういうよい詩をいまから二十年ももっと以前に、あまり沢山の人の眼にもふれずに印刷のままで、紙の間にぴかぴか光っていることを想うと、誰かがそれを後年に眼を瞠《みは》って読み、人に、沢山の金を貰ったように讃めるのも、美しい千家の贈物ではないか。

蛇

蛇が死んでゐる
むごたらしく殺されて
道端に捨てられてゐる
死体の傍には
石ころや棒切れなぞの兇器がちらかつてゐる
王冠を戴いた神秘的な頭は砕かれ

華奢で高貴な青白い首には縄が結へてある
美しく生々した蛇は今はもう灰色に変つてゐる
さながら呪はれた悲劇の人物のやうに
地上に葬られもしないで棄てられてゐる
哀れないたづらだ

この詩に対する千家自身のあわれみは、一つのみにくい動物の死に対するそれではなく、この詩人の周囲にむかう予言のように耳をつんざいている。これはまた人類への彼がひそかにしていた予言でもあった。
一読何等の修辞もなく、飾り衒いもなく、見ただけの世界にむかい、彼は何人かを叱り、何人かをいましめていて、しかも荘厳の景色を衒わせていないのである。

桜

冬枯の空に桜は彼女の飾りの無い髪を編んで
すらりと気高く立つてゐる
何と云ふ精緻極る小枝の群

千も万もの愛らしい神秘な小枝が
優しく縺れて
平和に空の下に彼女の美を
意気揚々と示してゐる

この詩がおこされたのは、「彼女の飾りの無い髪を」編んだあたりに、その重い一行のききめから一篇を為すに至ったものに思える。私達はいつも一行をさがすために何ヵ月かかかり、また何ヵ年もかかって見つけるまで、眼と頭の世界にさまようている者である。
この世界にもまた少しも、装飾音のある言葉をならべていない、思うままに彼が辿ろうとしている処に、行きついた感が深い。

どんな女が

どんな女が
どんな子供を抱いてゐるのを見ても
俺は聖母マリヤを思ひ出して
神聖な愛に打たれてしまふ

賤しい下品な顔をした母親が
赤ん坊を抱いてゐるのを町でよく見るが
矢張り美くしい。母の喜びが露骨に見える
赤ん坊は本当に光つてゐる
此世のものとは思へない浄い顔をしてゐる。

これはよく見かける古い版画、それは何時までも或る一定の古色と、真実と、そして貧乏たらしいために、したしめる情景である。この中にいる女というものの大きな激流が、しずまり切って大河の眩ゆさを見せている。これは千家元麿の愛しても愛しきれない光景でもある。

千家には家族詩が沢山あって、一旦家庭のことをうたうと、妻を讃え、子供を讃え、生きることを褒め、喜びはしゃいでいる。この人の性情がどんなにか何時も邪気なく、仕合せをもとめていたかが判る。妻の髪を洗うのを見ても、それが嬉しくなり詩にうたい込むような或る晩もあった。詩人というものは少々ずぼらで、でたらめであるという代名詞がそこらにあるが、千家にもそういう作品を見ないでもないけれど、その中で何行かの本物がぴかりと光っている。

次に掲げる「月の光」の重々しい物は、全く千家の思惟がここまでとどいている遠さを思わせるくらいだ。ここまでは入って行けないものだが、彼は懐中手《ふところで》をしてぶらりと入って出て、また入りこんでいる見事さを見せている。

月の光

天地も人も寝鎮まる
底無しの闇の中に
どこからか音も無く
ボンヤリと月の光が落ちて来た。
巨人の衣の裾が天上からうつかりづつて居る様に
貧しい家の屋根の上に
皺をつくつてだらりと垂れて居た。

詩話会同人と伊豆に旅行した時、私は下田の町の旅館に皆が夕方散歩に出掛けた後、一人で横臥して夜の町を見には行かなかった。ひどく疲れていたのと、そんな折に一人で残って酒を飲むことが、たまにしかしない旅行なので嬉しかったのである。すると、まだ散歩するとも、しないとも判然しない千家元麿も部屋にのこっていて、行こうか行くまいかと迷うているらしかった。千家はふだんの不摂生のためか、これも酷く疲労して皆の勢いに押されていても、快活に行動を倶にしていられないように見えた。からだ全体ががたがたに見える程、彼は肋骨の見える胸に手をやって横になっていた。よほど疲れているらしいと私は思い、君は散歩に行かないのかと聞くと、気がすすまないと言って動かなかった。たいがい、皆が賑かに出掛けるのを見ると、それに尾《つ》いて行かないことのない千家が横臥しているのは、山越えの自動車の動揺が余程応《こた》えたらしく見えた。

私は一人の酒からはなれ、千家にも杯をすすめていた。いまは酒は廃《や》めているが、酒を飲んだ頃の私は酔えば雲烟濛糊の間に、舟をこぎ、眼をつぶりながら睡りにおちるまで杯をはなさなかった。千家は二度目の酒がまわると落ち着かなくなり、皆の帰りの遅いのを私に注意してぶつぶつ言い、次第に一緒に出掛けなかったことに損をしたようにいい出し、じれじれし出した。散歩の詩人達はまだ若かった萩原朔太郎、百田宗治、川路柳虹、佐藤惣之助、白鳥省吾、福田正夫の諸君で、どこかの料理店で酒を飲んでいることに疑いはなかった。私が一人ですねて酒を飲んでいるのではなく、実は千家同様にくたびれ切っていたのだ、すぐに恢復する私の疲労の状態でも、その疲労中は動けなかったのである。

千家元麿は充分に酒が廻ると、起き直って帯を締め直し、やはり君、僕も歩いて来ることにしたよ、そこらに出れば皆のいる所は判るだろうと言い、帽子を手に取ると、部屋を出て行こうと身構えたが、私は言った、そんながたがた肋骨の出た胸をして、一騎当千のサムライ共の真似をすると後で酷い目にあう、静かに酒を飲んでいたらどうかと私は言ったが、千家は酒は飲まないでただ歩くだけなんだよ、君の分の酒は帳場にそう言いつけて置こうかと彼は極り悪げに言ったが、もう一刻もじっとしていられないふうで、せかせかと出掛けて行った。こうなると一人きりでいることに気が負け、私も出かけて見たくもなったが、いままで凝乎《じっ》としていたのに、いまさら諸君の後を追うわけにゆかず、酒はさびしく既に苦《にが》くさえあった。翌日、また温泉廻りをしたが、千家は昨夜散歩して町を見て宜かったといい、町を見ないでいる私に町の話をして聞かせた。孰方《どちら》かといえば私は旅行していても旅館に閉じこもっている方で、名所旧跡というものに詩情は動かない方であった。それより旅館で一人で飲んでいた方がよい、或いはふらりと煙草を買いに出て町を見るくらいの、負担にならない散歩のほうが余程性にも合い、らくであった。だから私は旅行が嫌いなのだ、いま、この記述を認めている千家元麿の印象は、散歩に出る出ないという僅か三十分間くらいの、彼の心の動きを見たことで、僅かに生きのよい彼を見ることが出来たのである。それも私が皆と散歩に出ていたら千家のいらいらした三十分の心の動きさえ見られなかったし、今日、私の書くべき生きた千家元麿は捉え得なかったであろう、人間などどんな時に生きた瞬間を捉まえられるかも判らない、数すくない交友のはたらきと言うものも、対手が死友であった場合、その頭にのこる強さは、かけがえのない鮮かなものなのだ。

白鳥の悲しみ

美しく晴れた日、
動物園の雑鳥の大きな金網の中へ
園丁が忍び入り、
白鳥の大きな白い玉子を二つ奪つて戸口から出ようとする時
気がついた白鳥の母は細長い首を延ばして朱色の嘴で
園丁の黒い靴をねらつてついて行つた。
卑しい園丁は玉子を洋服のポケットに入れて
どん〳〵行つてしまつた。
白鳥の母は玉子の置いてあつた木の堂へ黙つて引返し
それから入口に出て来て立止つて悲しい声で鳴いた。
二三羽の白鳥がそれの側へ首を延ばして近寄り
彼女をとりまいて慰めた。
白鳥の母は悲しく大きな声で二つ三つ啼いた。
大粒な涙がこぼれるやうに

滑らかな純白な張り切つた円い胸は
内部から一杯に揺れ動き、
血が溢れ出はしまいかと思はれる程
動悸を打つて悶えるのが外からあり〳〵見えた。
啼かなくなつてもその胸は痙攣を起してゐた。
その悲しみは深くその失望は長くつゞいた。
然しやがて白鳥の母は水の中へ躍り込んだ。
さうして涙を洗ふやうに、悲しみを紛らすやうに
その純白の胸も首も水の中へひたし、水煙をあげて悶えた。
然しそれはとり乱したやうには見えなかつた。
さうして晴々した日の中で悲しみを空に発散した。

その単純な悲しみは美しく痛切で偉大な感じがした
その滑かな純白の胸のふくらみのゆれ動くのは実に立派であつた。
まことにあんな美しいものを見た事はない気がした。
威厳のある感じがした。
金網の周囲には多くの女や吾々が立つて見てゐた。

自分達は均しく感動した。
自分はその悲しみを見るのが白鳥にすまない気がした。
吾々の誤つてゐる事を卑しめられた
白鳥に知らしてやれないのを悲しく思つた。
自分はその悲しみを早く忘れてくれるやうに願つた。

千家の世界で眺めた生きものの姿が、粗雑と稚拙の表現にも拘わらず思うままに、こまかい効果をもたらしている。これらの作品構成は余りに純粋な考え方であって、今日これを読むと、もっと適当な彫りのある、洗練とかの時間を経た作品であれば、もっと効果があったのにと思われるくらいだが、千家元麿の場合はこれだけの盛り方で沢山ではないかとも思われるのである。その最後の一章で立ち直って自分の考えを述べているのも、かえって宜い。

千家は作ってこれを眺め、いじくり廻す体の詩人ではない、書き終るとすぐに雑誌とか新聞社に渡して了う人なのであろう、読み返したり書き加えたり、また読み直して手をいれることをしなかった詩人なのである。詩の韻律行形はがたがただが、がたがたな中にある感情のすなおさは、ちょっと類のないものを見せている。実に稀なほど生一本の詩人なのだ。

詩というものは長詩の形をとる時の失敗にくらべると、短かい詩とか断章の場合は、見方にも、表現にも尖鋭なつっ走りがあって、この「若き囚人」の場合では、見事な、まるで別人の作品のおもむきを表わしている。

若き囚人

S監獄の煉瓦壁の上から
二十二三の若い囚人が
世間を覗いてゐる
その桃色の半面は美しく燃えてゐる。
彼の心は遠くへ飛んで居る。

私　は

私は本を売りにゆく
屈辱に思つて眼に涙が浮ぶ
本屋の主人にそれを見られるのが辛いので

入りにくゝなる、努めて元気になり
自分を装つて入つてゆく、涙をぐつと飲み込んで

私にも

私にも妻子がある
私にも家庭がある
夕暮の天地に満ちる
大安息の中で私はかく思ひ涙ぐむ

この二篇にある善良な性格は、全く詩を書く人でなかったら、何のわざにも従《つ》けなかったであろう、ふつうの人間はこんなに正直にものを言うことは出来ない、詩人のなかでも千家のように、大上段の純朴を少しの顧慮なく表わし得る人は、まず彼一人と言ってよいであろう。

千家元麿の周囲には、すばらしい友人達がいて、名利に頓着のない彼を陰から劬った。全く彼ほど友人にめぐまれている人は尠ない。武者小路実篤、長与善郎、岸田劉生、福士

幸次郎、尾崎喜八、宮崎丈二の諸君である。武者小路実篤は彼の詩集を編輯出版している し、尾崎、宮崎は死後その編著にちからを容れている。

千家は明治二十一年六月、東京で生まれた。父は旧男爵千家尊福だが出雲大社に関係のある人で、千家は父から毎月の生活費を長年期に亙って貰い受けている。そうでもなかったら貧困であったにしても、都会生活を支えることは容易でなかったであろう。構わない人だけに自分は困っていても、夫人を窮せしめないように努め、我慢に我慢をし自分の健康に眼を向けることも、つい怠りがちであったらしい。彼の詩に東京北郊の庶民生活がよくうたわれ、そんな町を何時もぶらぶらしている姿の見えるのは、賑かさも愛するが一種の厭人風な散歩が、生涯をつらぬいている。他人には莫迦々々しい失敗も、いかにも千家らしいという特別な見方と解釈は、やはり千家の生活に尾《つ》いて廻っていた。誰でも彼を許し、これを愛さずにいられない風であり、そして柔しくしたいという好奇を対手方に、そっと生みつけるような男である。だから千家を悪くいう人は一人もいなかったであろうし、皆、千家には悪気なんかないという最高の人間としての勲章をあたえている。私自身もたまに宴会で行きあうと、此方から微笑《ほほえ》みを用意して、この詩人と交わす十分間かそこらの短かい話を愉しんだ。言葉を沢山持たない人であるから話はすぐに絶えるが、絶えて此の人の下手な着物の着方を見ていても、千家らしく好感があった。

尾崎喜八の読破した詩の数でも、千六百二十六篇に及んでいて、それは彼の詩の数から言って十分の一にも足りないそうだが、恐るべき多くの詩の中を踏破したものだ。それはやがて生涯にだぶついた時間の悉くを詩作にそそぎ込んでいたことが判るし、詩をつくる以外には何も外の物は書かずに、また普通の教師とか原稿書きなぞもしなかったことを証《あか》しするものである。睡っては書き起きては書き、歩いては書き食べては書いていたものらしい。こんなに多くを書き、書くことに少しもこだわらない無邪気さで、書き抜いた詩人はこの人だけであろう。

たとえば自分の子供の育ちをいつも、ゆだんなく見詰め、これを何篇にも書き現わしているが、そこにも素材の行き詰まりが見られるけれど、行き詰まりが却ってよい詩をものがたっている。行き詰まりは驚くに足りない、書かねばならないことは何度書いていても、そこに命があればそれを読み分ける方にも、よろこびがあるというものだ。

わが児は歩む

吾が児は歩む
大地の上に下ろされて
翅を切られた鳥のやうに
危く走り逃げて行く

道の向ふには
地球を包んだ空が蒼々として、
（後略）

この詩は八十行からの長詩であるが、最初の六行の美しさをうすく後の詩でうめたようで、この六行のすばらしさには及ばない。「地球を包んだ空が蒼々として、」の表現には、無限という言葉がしっとりと包まれている。彼がたまに見せる詩の奥は、所謂かがやくばかりだと言ってよい。

初めて小供を

初めて小供を
草原で地の上に下ろして立たした時
小供は下許り向いて、
立つたり、しやがんだりして
一歩も動かず
笑つて笑つて笑ひぬいた、
（後略）

「小供は下許り向いて」歩いている状態には、子供自身も危ながる心づかいがうかがわれ、そこに着眼した愛情の眼づかいが、こまかく、さすがに生きた逞しいものを摑まえている。千家は物を見つめるよりも、いつも、さっと通りすぎる視界で捉える物を捉えていたが、ここでは、時間的にくい込んでいる眼があるのだ。

秘　密

小供は眠る時
裸になつた嬉しさに
籠を飛び出した小鳥か
魔法の箱を飛び出した王子のやうに
家の中を非常な勢ひでかけ廻る。
襖でも壁でも何にでも頭でも手でも尻でもぶつけて
冷たい空気にぢかに触れた嬉しさにかけ廻る
（中略）
母は秘密を見せない様に
小供をつかまへるとすばやく着物で包んでしまふ。

ここまで来ると聖画の一枚が眼にうかぶ。「秘密を見せない様に」の境はこの三篇のうちでも、なかんずく優《すぐ》れ、柔らかいきびしさもある。むだごとも書いているが、それが何かの実感に打つかると、勢いこんだ光線を帯びて来るようである。

一物もなし

夕ぐれ、輪形の星、きらめきいづる時
吾が心は呼べり
吾は人々を拒みたれば、今一物もなし
オ、　吾が拒みしものよ
吾に来れ
吾が拒みし同胞よ、吾に来れ
オ、吾、今一物もなし、憐れ一物もなし
吾は無なり、吾は空なり

貧　乏

又月末が来た
折角買ひ溜めた本を
又売る時が来た
いつになつても僕は貧乏だ
（後略）

千家は父君の仕送りだけで生活していたし、生活の指揮もしない人であったから、いつも、学生のように謙虚に暮らしていた、貧乏というものに食い込まれても大して驚かなかったであろうが、苦しさは人からも私は聞いていて、その貧乏が反対に光線を帯びて来たものに思えた。貧乏している間に仕事の出来る人は、仕事に栄えがあった。どこかでかちっと光り、どこかの奥で声をひそめて少時立ち停っている光景があるものであった。そこですら、千家元麿は苦笑しながら散歩していたのである。

第二次世界大戦で長男宏が、ビルマの戦野で死んだ。例の三編の詩にうたわれた子供とは、この長男宏であったのであろう。その翌々年に夫人千代子が疎開先の埼玉県入間村で亡くなり、千家は一人になったのだ。千代子夫人は千家を扶けてこれを愛し、詩のほかに何も仕事をしない詩人の命を守った。その後、千家は豊島区長崎に移って戦時中の苦労は他人よりも、もっと苦しめられ、終戦後の昭和二十三年三月十四日に、六十一歳で詩をかく外に画をかき、孤寂の生涯を終ったのである。

島根県大社町の千家代々の墓所におさめられたが、送葬の日はさびしく私も胃潰瘍を病んで参列出来なかった。そのさびしさを或る日の客はああいう立派な葬いらしい葬いを見たことがないと言った。『燦花詩集』中の「三月」というのに、千代子夫人の死を悼んだ断片がある。録して千家の心を倶に汲みたい。

ビルマで長男が戦死して此の世を悲しんで
病を得た妻は日々に床の中で栄養も足らず痩せ細つていつた
葬の日、山腹の墓の畔りには
痩せた白梅が繽紛と咲いて
哀れを添へてゐたが
今年ももうその梅は寂しく咲いてゐるだらう。

処女詩集『自分は見た』大正七年五月刊行、岸田劉生装画、武者小路実篤序文。
第二詩集『虹』大正八年九月　新潮社発行、岸田劉生装幀、武者小路実篤に献本。

『新生の悦び』大正十年十月　芸術社発售、清宮彬装幀。

『野天の光』大正十年四月　新潮社発行、著者自装、小泉鉄に献本。

『夜の河』大正十一年七月　曠野社発行、清宮彬装画。

『千家元麿詩集』大正十四年十一月　日向「新しき村」出版部発行。

『炎天』大正十一年八月　新潮社発行（現代詩人叢書第七篇）。

『真夏の星』大正十三年九月　新作社発行（新進詩人叢書）。

『夏草』大正十五年七月　平凡社発行、岸田劉生装本。

『霰』昭和六年三月　やぽんな書房刊行、中川一政装幀。

『蒼海詩集』昭和十一年八月　文学案内社発行。

『燦花詩集』遺稿集。千家潔編集。

その他に『青い枝』（他の詩人と合著の詩集）があり、現代詩人全集第十巻（昭和四年、新潮社）千家元麿詩集（昭和五年、改造文庫）がある。

死後の詩集『千家元麿詩集』昭和二十四年一燈書房発行、武者小路実篤編纂、梅原龍三郎、中川一政装画。

島崎藤村

或る夏の終りに、藤村は軽井沢の町端れにある近藤という人の別荘に、仕事をしあげるために泊った。この別荘はうしろに小さい山を負い、庭木もゆたかで流れを引いてあったが、日光に乏しく、うしろ山の冷気と、邸内のひややかな湿気はきびしい、藤村は火桶にあたって、しきりに寒がり、持参の原稿紙もひろげないで落ち着かないふうであった。

この別荘を世話してくれた山崎斌に、どうにも冷えて困るといって二晩泊ると、この縁のない土地を去った。山崎斌には是非軽井沢に行きたいと年来の頼みであったのに、気の永そうな藤村は、殆ど面白くなさそうに素気なく立って行ったのである。

食事は向いの旅館からはこんでいたが、そのお給仕役には、鶴屋旅館で仕事をしながら勉強をして産婆の試験をとったお千代という、温和《おとな》しく品もある人が出ていた。彼女は何年か前に藤村が宿泊した時にも、身のまわりを女中にはさせないで、気をつけて自分でつとめていた。その折、彼女は色紙を持って座敷にあがって、何かお書きを願えないでしょうかと端的に言ったが、藤村はこのつぎに泊る機会があったら書こうと約して、そのまま出立してしまった。

だからお千代はこんどは書いて貰わなければ、またの機会がなくなると、今日立つという朝の間に食膳をはこびながら、彼女は両手を畳についてうやうやしく言った。つまりこの人は声帯がきれいであり、こういう恭々しい礼儀の場所をつくるために、うまくからだつきまで出来上っていた。

「先年お約束いただきましたお色紙は、書いていただけましょうか、お色紙は用意してまいりましたが。」

「あ、あの時の方でしたね、お約束だから書きましょう。」

「ありがとうございます。」

お千代は次の間に用意して置いた硯と色紙を、食後に藤村の机のうえにならべた。藤村はこの板についた彼女の礼儀のほどを愛し、こんな田舎にこのように心得のある女を見ることが、今日立つという間際では、はなはだ典雅なものに思われた。

お千代は硯をまた畳のうえに下ろして、墨をすりはじめた。信州では藤村の短冊色紙は喜ばれ愛蔵されていたが、それを手にいれることも容易ではなかった。白皙聡明な威力を見せてきちんと坐っている藤村の前では、宿の者達も窮屈な思いがして近寄れなかった。

お千代はそこを踏み込んで何かを書かせようとしている。普通の女中達のようにだんなさん、何か書いて下さい、記念に致しますからとせがんでも、藤村はお千代の場合のように簡単には、うんと言って諾《き》いてはくれなかったであろう。だから彼女はおつかれのところを恐れいりますがと出たのである。

藤村は機嫌好く一字ずつ、念を入れて書いていた。対手が自分とよほど隔《はな》れたところにいる人だと、色紙の一枚も書こうという人間はわざと入念に書くものであった。つまり藤村ほどの大家であっても、信州の片田舎の旅館の朝の間にも、対手に島崎藤村という者をしたたか認めさせたかったのだ。文学者詩人という特殊な人間はつねに女中さんでも子守にでも、一応みとめられるということが愉しいものだった。取り分け眼の前にそれを見ている人には、えらい人間はやはりえらいところを失ってはならない気を持つものである。それは最初、お墨をおすりいたしましょうかとお千代が言いそえた時から、色紙を手におしいただいた彼女が、何ともお礼の申し上げようもございませんと、その墨痕を打ち眺め、一拝して色紙を傍に置いて、さらに畳に手をついてお礼をいう時にまで、わが島崎藤村は生きた一人の女性から充分にみとめられ、あがめられて余韻なきものであった。えらい人間はどんな時にも、えらい自分をわすれている者ではない、えらい人は自身のえらさを高めるためにもお芝居をなすものだが、それほど、えらい人間はそれをひとたび手に入れたら、失うてはならない大切なものであった。莫迦者は自分の莫迦さ加減を匿すことすら、容易なわざではないが、えらい人は冗談を言ってもえらそうな冗談に振り替えようとするものだ。えらい人は女人に惚れてもやはり結局えらさを示さざるをえない、えらくない人間には女の人は一瞥もしてくれないが、えらい人にはえらさが愛情に変る場合だって有り得る。それが当り前なのだ、えらくなった奴は自分自身のためにえらくなっているが、もうちょっと突っこんでいえば、沢山の女の人の前で、莫迦に思われたくないために勉強してえらくなったのである。

えらい奴を鉈で打ち割ると、駆け込みの名誉とか、有名になるための一夜漬の勉強とか、誤訳の翻訳のようなもの、誤字や当て字や、碌に書けない文章をよこたてから装飾して作ったボロ屑が、ばさばさ骨を見せて現われるのである。大臣の頭から土地や株券が飛び出すのがうそなら、作家の胸から婦人侮辱罪の犯跡がざくざくしているのも、うそだと言って嘯けるであろう。だが、わが藤村は紳士作家であり、うそをつかない人であった。うそをつかなかったから姪を愛していても、小説では姪を愛しましたと書きにくいことを、少しもよどみなく書いていた。芥川龍之介はそれを偽善者だと言ったが、それは芥川の警句の中でも一等拙い警句であった。姪であろうが従妹であろうが、これを愛するのに何の怖れをこの人生に感じるものか、悪い事をしているわけではない、愛しているのである、人生には愛しているという実際の事では一つも悪いことはない、しかも藤村はその時は独身だった。愛していることは人間の倖せ最中なのだから、われわれはそれを傍から騒ぐのはばかを見るだけだ。たまに愛というものが死に振り返えられるかも判らない、いまでも、そんな損だらけの道をえらぶ人もいるが、愛していたら途方もなくぬけぬけと生きぬくことだ、藤村のえらんだ道は立派で新しい、一さいを自分の中にしまいこんで、少しも、まようことなく愛していたからである。

（前略）
ああ、孤独《ひとりみ》の悲痛《かなしさ》を
味ひ知れる人ならで
誰にかたらん冬の日の
かくもわびしき野のけしき
（後略）

黄　昏

つと立ちよれば垣根には
露草の花さきにけり
さまよひくれば夕雲や
これぞこひしき門辺なる

瓦の屋根に鳥啼き
鳥帰りて日は暮れぬ
おとづれもせず去《い》にもせで
蛍と共にこゝをあちこち

いまから三十五年くらい前に、『赤い鳥』という童話雑誌が出ていて、それと同系のこれも童話雑誌の『金の船』が発行されていた。初夏の頃だったがその『金の船』の婦人記者とも見える一人の少女が、当時田端に住み、小説というものをそろそろ書きはじめ、自称新進作家の中に割り込んでいた私を訪ねて来た。少女はまだ十九歳くらいで、まんまるくふとり、よく聞きとれないくらいの低音で『金の船』に童話を書いていただきたいという来意だった。だが、この声の低い記者の人は、今日あがりましたのは、実は先日島崎藤村先生のお宅にうかがった折、藤村先生は専門の童話家におたのみになるより、いままで童話というものに手をつけていない作家に書いて貰った方がよい、たとえば佐藤春夫とか室生犀星とかいう人は、まだ童話を書いていないから、書いて貰えば変った物が出来そうだし、童話も別途にいきいきしてくるのではないか、行って頼んでごらんなさい、きっと面白いものを書いてくれますよと、藤村先生が仰有《おっしゃ》ってくださいましたので、今日、あがったわけでございます、と言って彼女は急に気づいて、わたくし名刺も差し上げませんでしたが、と、このにこにこした少女は一枚の名刺を差し出した。私はその横山美智子という名前と、雑誌『金の船』の経営者であり美智子の夫君である、横山寿篤のお名前をその時に初めて知ったのである。

当時私は愛酒家であった。まともの奥さんとか夫人とか令嬢とかいう、まじめな婦人と話することを避け、バーとかカフェとか少々いかれて苦労した女の人でなければ、したしむこともしなかった。まともな女の人と話をしてもちっとも面白くはない、窮屈で礼儀正しく冗談も言わないし、坐り方でもきちんとして色気も何も、私の見ようとするものがなかったから、私ははたらく女の人と金の事や苦労の事や、いやな男達の悪口をつくのが好きだった。だからこの十九歳の横山美智子が来ても、優待するとかお世辞なぞ言わないで、童話なぞ私のようなすれっ枯らしの書ける聖話ではないからといい、佐藤春夫は西洋の本もよんでいるから、なにか好い思いつきがあるかも知れない、行ってご覧なさいといって私自身の原稿は断ったのである。まともな女の人をみればすぐ外《そ》っ方《ぽ》を向くような変なものを持っていた私は、その変なもので横山美智子をすげなくしてお帰ししたのである。

作家というものは作家同士をすいせんすることは、殆どまれなことである。それは原稿料というものをあれほど無邪気な作家達であっても、おれは幾ら取っているなどとは決して言わないのと同じくらいである。しかし藤村くらいになり春夫と犀星にたのめというのは、自分が書かないお弁茶羅みたいな言葉であり、後進を引き立てるにも役立つ有為の言葉のつもりらしかった。それよりもっと確かなことは、島崎藤村という大家にも、後進をたいせつにひいき目に見ていることと、それによって彼自身も幾らかの愉しさを感じることも、私にはうかがわれた。

私はこの話を三十五年後のこの頃の或る日に、横山美智子から聞いて、藤村の頭にちょっぴり私という作家が存在していたことが、かえり見て喜ばしかった。横山美智子からこの話をきかなかったら、私は何にも知らずにいたであろう。私はその折原稿を断ったのはあなたが十九歳の若さで、ふらふら婦人記者なぞなすっていらっしったから、そこらで原因不明のやきもちがあって、あんなに素気なくお断りしたのかも知れないといった。

藤村がいろいろな人から窮屈がられていたことは、藤村の文章のせいであり、むやみに大声で笑ったり人のきげんを取るがわの人でない、作家として相当我ままで自分のふだんのものを殺さないで、暮らしていたらしかった。殆ど私は藤村と対談したことは二、三度くらいしかなく、宴会であっても永く話をしたこともなかった。遠くで見て、遠くで感じた藤村はきざや気どりや思わせぶりもなく、煙草ばかり沢山喫んで所在なげに宴会や集合が、いかにめんどうで退屈なものであるかが、彼がつぎから喫む夥しい煙草の本数で判った。全く宴会では煙草が藤村をたすけ、無聊をなぐさめている唯一のものであるらしかった。

「今日はなかなか盛会ですね。」

と、私は或る時たったそれだけの言葉をいうだけで、この大家の前で私は煙草を喫みながら言った。小説でも書かなかったら生涯この大家の前にも出られない男は、右の手に煙草をけむらせ、ひとかどの作家づらで対面していた。そしてそれはやっと今日はなかなかの盛会ですねという以外には、言葉の現わしようもない男であった。つまりその他の言葉は持って出ようにも、白皙温顔の藤村の前では、どうにも喋べり続けられないのであった。藤村がたくさんの仕事をしていて、その仕事の釣合いのとれない貧弱な仕事を持つ私は、やはり仕事の威勢で圧されるのは当然であった。われわれ文学のともがらは面《つら》はどんなにまずくとも、仕事の張っている人間の前ではいつも圧されていた。髭をていねいに剃り上げ好い洋服を着てのして歩くより、仕事であたりを捌くよりわれわれの捌きようはなかった。子守や女中さんまで眼をつけているものは、その人がらにある仕事の澎湃氾濫の状況であった。つまり私が藤村の前で、煙草を喫みながら相対するということは私がやっと七、八篇の小説を書いているそのことだけで、タバコをノミながら生意気にも赧くならずに、今日はなかなかの盛会ですね、と、そう言えたものであった。田舎のぽっと出の私にはこの山嶽のごとき詩人小説家である島崎藤村は、あまりに大きすぎていた、そしてこのような大家と、ああそうですね、さあ、それもそうですねと堂々と応酬できることは、私にはゆめにも空想したことがなかった。つまりここでも、例の七、八篇の小説だか、ろくろ首だかわからない物を書いている、たったそれだけで宴会場を泳いで歩いていられたし、この大家の前にぬうと臆面もなく出られたのである。これは正宗白鳥や徳田秋声の場合もおなじであったが、藤村の場合はあまりに隔《はな》れたところに彼はいたし、幼少年者だった私の眼からは途方もない山嶽だったのだ。

吾胸の底のこゝには

吾胸の底のこゝには
言ひがたき秘密《ひめごと》住めり
身をあげて活《い》ける牲《にへ》とは
君ならで誰か知らまし

（後略）

君こそは遠音に響く

君こそは遠音《とほね》に響く
入相《いりあひ》の鐘にありけれ

幽《かす》かなる声を辿《たど》りて
われは行く盲目《めしひ》のごとし
（後略）

農　夫

あゝ吾胸は写すべき
言葉も知らぬかなしみを
宿《やど》せし日より昼も夜も
深き思ひに沈みつゝ

このかなしみの乳房より
われさまぐ〜の智慧《ちゑ》を飲み
にがき世の味《あぢ》物の裏《うら》
人のまことも虚偽《いつはり》も
あぢはふ身とはなりしなり
（中略）
（後略）

抒情詩の初期の試作時代にあった藤村の抒情詩は、さすがに彼の尨大な小説群をうしろに控えていただけに、泉からしみ出たほとばしりを見せている。私は薄田泣菫とか横瀬夜雨あたりを読んでいて、藤村の世界から、青少年時代は隔れた詩境にいた。むしろ藤村の詩をまなぶよりも、小説『破戒』その他に傾倒していた、というより藤村をまなぶことが、古いという意識がはたらいていて、そのくせ、藤村の純度が摑めなかったのである。生意気盛りの私は小説『春』から小説をまなぼうとして、彼の詩をかえり見るひまはなかったのである。洗練と優美、稚気純度の溢れる藤村を見つけたのも、ずっと後の日の驚きだった。老大家の小説作家としての彼を見ていた眼には、ああいう老大家もくちばしの黄ろい囀《さえず》りを敢えて行うていたかと、見直したときには詩人としての藤村山嶽には、前山《さきやま》とも見られる幾多の美しい若木で飾られた麓山を四顧したものであった。

まだあげ初《そ》めし前髪《まへがみ》の
林檎のもとに見えしとき
前にさしたる花櫛《はなぐし》の
花ある君と思ひけり

やさしく白き手をのべて
林檎をわれにあたへしは

薄紅《うすくれなゐ》の秋の実《み》に
人こひ初《そ》めしはじめなり

（中略）

林檎畠の樹《こ》の下《した》に
おのづからなる細道《ほそみち》は
誰《た》が踏みそめしかたみぞと
問ひたまふこそこひしけれ

昭和十二年外遊から帰朝した藤村は、出版記念会や集会宴席には一さい出席しないでいた。健康がすぐれないためと、人に会うことの煩瑣を避けるためであった。止むをえない会合には、その招きの封筒を静子夫人に、朝の郵便物を読み分けながら手渡して言った。

「あんた、この会に出てくれるか、席を外すわけに行かないからね。」

静子夫人はその通知の葉書を読んだ。

「ええ、参ります。」

「代って顔だけ出してくれればいいんだから、卓上演説がほぼ済んだ頃に、席を抜けてくれればいい。」

「え、そういたしますわ。」

「宴会には隙間みたいなものがあるから、その隙間にそっと眼立たぬように椅子に音をさせないで、うしろの方にすべり出るようにするんだね。」

夫人はたびたびの代理で、その隙間を知っていたので笑って答えた。

「お下《しも》にゆくふりをして立つんでございましょう。」

「皆の注意が散漫になっている時は分らないもんだ。お下《しも》に行くふりが一等わからないね。出たらすぐくるまでお帰り。これがくるま代。」

「え、じゃ行ってまいります。そうね、八時にはちゃんと帰るわ。夕食のお仕度はもう出来ていますから。」

静子夫人は大概の場合殆ど一人で、宴席の作家達からはなれて、近く寄ってくる人に程よく品のある挨拶をして立っていた。ほそれた形のよいなりふりと、上気したすべっこい顔のなかには藤村の愛する血色が、この人のりこうな勝気な瞳を搔き立てて、私はいつも遠くからこの美しい年増さんをながめていた。ただ見ているだけで一度も彼女のそばに行って、挨拶をしたことがなかった。一度挨拶がおくれると、宴席では人眼もあってなかなか近寄って、無邪気に挨拶ができないものであった。それに好みからいえば静子夫人は私にも好ましい婦人であり、藤村のように大きい仕事を次から計画的に書いて行って、それが年月の関係でひとりで組み立てられて行くことが、老作家の晩年をどれだけ生きるうえに働きかけるかが私には羨ましかった。その仕事のかたわらにこの杏《あんず》夫人がいて、杏夫人は夜になると昼間よりも最っとふくれて見え、藤村はそれを他人に見とれる美しさで見とれていた。何て仕合せな老作家だろうという考えが、静子夫人にも絡んで見え、私はむか腹立てている人間の癖づいたむずかしい顔付で、殆ど睨みつけるように静子夫人を見ていた。余りたびたび眼を合わしていても、静子夫人は自分から挨拶に来てくれる人ではなかった。それだから一層私にはこの夫人が聡明で、美しくさえあった。それは私にしても一度は挨拶はしたかったのであるが、まだ年は若かったし、智恵や学問のある女の人を無理にも嫌いの範囲にいれていたから、彼女のそばには行かなかった。いまの私なら、どんなにらくに話ができたか判らない。

だが、この杏夫人はあっとおもう間に、いつも素早く宴席からすがたを消していた。私が剝《む》きにくい果物の皮を剝いて、眼を下向けにしている僅かな時間のあいだに、殆ど、うしろ姿さえ見せないで彼女は去っていた。

藤村は置時計を見ながら外出先の女というものが、外出しているという確定の事実の前で、ことさらに妻というものの程遠い曖昧なしたしみを与えるものであることを、毎度ながら感じていた。これは性欲というものの美観念がつくり出す、瞬間の詩の境のようなものかも知れないと思った。もひとつは夫婦というものがこの僅かな時間に、もどかしげに愛しているということを余りにはっきり感じさせるものであることも、知らねばならないと思った。

静子夫人は帰って来た。知らぬ沢山の男の中から出て来た夫人は、はなやかにぴちぴちした弾みを見せていた。

「早かったね。」

「帰ることばかり気にしていたものですから、お食事もおちついていただいていられない気がしたわ。」

「では何かおあがり。」

「わたくしの顔をいつもじろじろ見ている人が今日も来ていたわ、あの方誰かしら、あんな方とてもたまらないわ。」

「どんな人だ。」

「そうね、何だか六角の顔をしていたわ。遠くからお話したいくせにそれをわざとしないでいるような方なのよ。」

「そういうヤツはよくいるがね、それが女の場合だと余計そんなむら気が起きるもんだ。」

「あの方誰かしら。」

「さあ、作家なんてみな一癖も二癖もあるんだからね、今夜は小説家ばかり集まっていた会だから、いずれその人も小説家らしいね。」

「小説家の方って油断ならないわねえ。」

「わしだってその油断のならない小説家のはずじゃないか。」

「あなたは別だわ。みんなあなたのような方ばかりだと、いいけれど……」

藤村は機嫌好く笑い、静子夫人の顔はやや疲れて柔らかい。夜はあたたかく時を刻んだ。

私は家の茶の間で、その夜も充分に飲んで来たのに、さらに今夜をしきるために、あぐらを掻いてこの夜のお終いの酒を飲んでいた。藤村の奥さんが代って見えていたが、見つめると、見つめ返してくる感じがあって、まだ若さがあるな、ああいう奥さんを老年にもつということは、まあ幸福とでもいえば言えるね、そうね、あれで十六、七くらい年が違っているが、十六、七くらい年は違ってもいいね、自分の年の半分に割ったあとの半分の年の違いでもいいな、藤村という人は小説でみんな私行を白状している正直な人なんだよ、世間では何だ彼だというが、あの人は他人の言えないこともどんどん言っている正直者なんだよ、だってあの静子夫人だってあんな年がちがっていても、宴会には代理で出しているじゃないか、悪こすい人なら若い奥さんなぞ決して宴会には出さないものだよ、あの奥さんが男の中に一人坐っていると、そこらが彼女の血色のほとぼりで火照っているくらいだよ……

椰子の実

名も知らぬ遠き島より

流れ寄る椰子の実一つ
故郷《ふるさと》の岸を離れて
汝《なれ》はそも波に幾月《いくつき》

旧《もと》の樹は生ひや茂れる
枝はなほ影をやなせる

われもまた渚を枕
孤身《ひとりみ》の浮寝の旅ぞ

実をとりて胸にあつれば
新《あらた》なり流離の憂《うれひ》

海の日の沈むを見れば
激《たぎ》り落つ異郷の涙

思ひやる八重の潮々《しほぐ》
いづれの日にか国に帰らん

藤村は二十六歳で処女詩集『若菜集』（明治三十年刊行）を出したが、北原白秋の『邪宗門』を出した年齢より遅れ、三木露風は二十二歳くらいで『廃園』を出版しているのに較べるとやはり遅い、しかし当時二十六歳で最初の詩集を刊行しているのは、全般的に見て早い方である。第四詩集『落梅集』が明治三十四年に出ていて、当時、藤村は三十歳であった。私の処女詩集発刊は二十八歳くらいで、ここまで考えて来ると、処女詩集は大抵の詩人は三十歳前に出していることが判る。

藤村が散文や小説に転換したのも、同時に三十歳前後だった。大家らしく新進らしい妙な手堅い地位を持った彼は、雑誌新聞にどっしりした感じの量感をあたえ、吹っ飛ばしても飛ばない重さが見られた。どこからこの重いものを学んだかは、自らやたらに書いてはならぬと覚っていたからである。あちこちの雑誌新聞に勿体ぶられ、彼自身もちからを容れて失うてはならない聡明を築いていたのである。詩人から小説家にかわるということは、並々の軽業師のわざではない、彼はこの軽業を慎重に一歩ずつ確かな足踏みで、綱渡りしたのである。詩人から小説家に早変りした最初の人だったのだ。危険とからかいを真向から受けて登場した彼は、小諸滞在中の散文『千曲川のスケッチ』を書き、三十三歳で

『破戒』を物して、三十五歳でこれを出版した。私は三十歳で小説というものを初めて書いたが、藤村の小説の著作は遅れていたけれど、その重量感と、雑誌新聞にむかえられたまろうど振りは、到底、私ごときちんぴらの比ではなかった。聡明な小説家への転換は一挙にして成功したと見た方がよい、このむずかしい変り方は当時小説家という者の、七、八人くらいの寥々の世界にあっては、今日から見ると押して出るにはかんたんではあったが、それらに変ろうとする藤村の眼の利き方は容易でない利き方で、かがやく野心と自負があった。いまもそうだが詩人はどんなに立派な詩を書いていても、なかなか衣食には通じない、その経済的な見地からも彼が詩から去って小説を書きはじめたことは、りこうな人間の踏み方をちゃんと知っていたのである。食えないものにぶら下がっていることの莫迦加減を、藤村は何よりも先きに見すえていた。それと同時に詩の柔らかみが二十歳頃に限られたもので、それを幾ら手強く引きつづけても柔らかい蔓《つる》が中途で切断されていることも、藤村はとうに見抜いていたのだ。

　作家生活というものの最も賢明なことがらは、書くことよりも、つねにそれを断り続けることである。断らない作家には、あの男なら書くだろうという冷情苛酷な判断の下に、その仕事があつまる。どうせ間に合わせの碌な物しか書いてない奴は、書けない上に書き続けるから頭はバラバラになり、作品の腰が折れてしまうのだ。断る作家は断ることで慎重がられ用いられるに手厚い、ばかを見るのはいつも断らないでいる奴である。これらの温和しい作家は風船玉のようにひとりで、陋居にへし潰れて行った。藤村は断る側の作家であって、一字といえども卑しくしない人だと、いわれていた。実際のことでは一字といえども、ないがしろにしない作家であった。この作為の態度までが作品の手重さに影響していたが、私はこれをばかばかしく苦がり切って、断る奴を眺めていた。断らなくともよい場合にすら断る奴を、その勇気を私もまなぶべきだと思うことさえあった。藤村のその断りつづける仕事振りはずっと続き、それが藤村の身上でもあった。どこかに鈍重な白い牛のような感じのある彼は、外部に対っては冗談一つ言わずに人生を謹んで生きることが、たとえ表面だけの必要でもあった。それが他人を窮屈がらせていたが、実際は冗談も滑稽なことは何一つ言えないお人がらであった。つまり慎重に生きるように見せることは、彼の本質から来ていたのだ、再び言うがうそはつかない人であった。

明治五年二月十七日、長野県西筑摩郡神坂村に生まれた。木曾街道の馬籠駅。

明治二十四年明治学院卒業、二十五年には平田禿木を知り、馬場孤蝶を知る。雑誌『文学界』にはいる。明治二十九年には上田敏、田山花袋、柳田国男とともに『うらわか草』を創刊。

明治三十年二十六歳で詩集『若菜集』、翌年詩文集『一葉舟』、詩集『夏草』を出す。斎藤緑雨、蒲原有明、高安月郊を知る。

明治三十二年から小諸義塾の教師となり、三十七年までこの地にいた。詩集『落梅集』『藤村詩集』、小説『破戒』を執筆。

明治四十一年に小説『春』を書く、朝日新聞連載。

明治四十四年小説『家』を刊行。

大正二年渡仏、巴里の宿舎で欧洲大戦に際会、五年に帰朝。

昭和十八年七十二歳で死去、大磯南本町地福寺境内に土葬された。大正二年から十八年まで藤村は凡て計画的に仕事に従事した。きちんと目標を立てて時計の如く正確に、仕事を成就して行った。短篇集『微風』、『後の新片町より』『桜の実の熟する時』『戦争と巴里』、童話集『幼きものに』、『新生』の第一部第二部、『仏蘭西紀行』『藤村全集』『藤村パンフレット』『夜明け前』、感想集『市井にありて』『東方の門』に至って遂に中途で絶筆となった。書かないようでいて生涯をみっちり書いた作家であった。

あとがき

本稿の執筆に当り津村信夫とか立原道造、堀辰雄なぞは、夏の間にいそいそとして書くように予定してあった。津村、立原、堀に往来したのは、おもに、夏の季間が多く、場所は軽井沢の町とか草原の途上であった。研究とか調べ物とか読本《よみぼん》とかの複雑な仕事をしたことのない私は、その年代閲歴に各詩人に間違いないよう心得ていたものの、一行書いては一冊の詩集をくりかえして読破することに、経験のない私は酷く頭が混雑していた。けれども、今月は立原道造に会えるし来月は津村信夫にも会えるという愉しさが何時も前方にあって、鏡《カガミ》のように明るい軽井沢の家で私は釈迢空にお目にかかれたし、思いがけなく千家元麿の顔もこの外光の中で見られた。作家という者はその人の事を書いていなければ会えないものだ。書きさえすればその詩人がすぐ物を言い、笑いかけてくれ、十年も考えなかったことが書いている間にうかんで来るものである。結局、私は毎月愉しんで書き進んでゆくことが出来、見付けられなかった沢山の詩を捉えることが出来た。そして作家の友情というものは、最早、本人には知らせることは出来ないにしても、友情の周囲を記述を以ってうるおし、私自身もそれをあたらしく受けとることをお互に嬉しく思った。

連載中の『婦人公論』の私の伝記物を誰が読んでくれるのか、これが心配であった。作家の心配はいつもこの一つの事がらだけである。読まなくとも眼でさわるだけで直ぐその人の気を捉える、という瞬間の魅力をもち続けることは硬質の詩人伝にはあり得ないことだし、詩人伝は用語から高度のよそおいが習慣的に必要であったが、それがらでないし、各詩人の人がらから潜って往って、詩を解くより外に私の方針はなかった。私はそのようにして書き、これに間違いないことを知ったのである。野口米次郎さんの事を書いて私の処女詩集『愛の詩集』をはじめて認めてくだすったことも書きたかったが、その掲載の月がなくて果せなかった。横瀬夜雨という古い詩人で私の勉強詩人だったこの人も、「ゆく春」の薄田泣菫の詩集にも、ついに触れることが出来なくて仕事は終ったのである。中原中也、宮沢賢治、中川一政の詩にも私は惹かれていたが、その個人の生活が不分明であり起稿は不可能であった。

一人ずつの作家の尨大な生涯の仕事の層には、何等かの形で研究風な文献が一つくらいあった方がよい、私はそれをかねてから希望していたが、いまやっとその時期の成熟が私にも取って置かれていたかと、石上に坐して文学の山川を回顧するものである。僅か取るに足りないような記述に、若し少しでも生気が留まっていたら嬉しい、その生気のみがこの書物のたすけになるからである。

「飢える自由」と十二人の詩人

解説

鹿島茂

室生犀星『我が愛する詩人の伝記』は十一人の詩人（北原白秋、高村光太郎、萩原朔太郎、釈迢空、堀辰雄、立原道造、津村信夫、山村暮鳥、百田宗治、千家元麿、島崎藤村）をとりあげて、思い出に伝記をおりまぜながら、それぞれの詩人の本質に迫ろうとした試みですが、私は本書を通読しながら、吉本隆明がたしかプロレタリア詩人論で使っていた「飢える自由」という言葉をゆくりなくも思い出しました。

そう、「飢える自由」こそ、本書の十一人の詩人に作者の室生犀星を加えた十二人の近代詩人を一絡げにして定義できる言葉なのです。

思えば、日本の近代において、詩人は、俳人や歌人とは決定的に異なった存在として出現しました。明治から大正にかけての時代、俳人や歌人は非常に有名な人でも職業的に自立している人は圧倒的に少数でした。なかには俳句や短歌の流派の師匠として門弟からの月謝で生計を立てている人もいましたが、しかし、それは、生け花や茶の湯、あるいは琴や三味線と同じように「お稽古事」の頂点に立つ人であり、自作の俳句や短歌を不特定多数の読者に「売って」、つまり作品を印刷物にすることで生活していたわけではありません。もちろん、自己表現を目指す俳人や歌人も現れつつありましたが（たとえば、正岡子規や『明星』系の歌人）、しかし、「飢える自由」を正面から掲げる人はまれでした。

これに対し、詩人は、初めから「飢える自由」を主張する人として近代日本に出現したのです。詩人とは（正確には詩人という「宿命」を自覚した者とは）、俳人や歌人のような態度で人生に向かうことを潔しとしない人の別名でした。たとえ、社会から爪弾きされようと、また飢えて死ぬことがあったとしても真実を口にしなければならない。真実を口にしたら全世界が一瞬のうちに凍りついてしまうかもしれないが、それでも本当に心に思うことを表現すべきなのだ。それ以外の生き方をする人を詩人と呼んではいけない、と、この新しく現れてきた詩人という人たちは主張したのです。

ところで、こうした「詩人＝飢える自由の主張者」という図式は何の条件もなく、あるとき突然、日本の社会に出現したわけではありません。出現には、じつに明確な条件の整備があったのです。

それはブルジョワ社会の成立です。ではブルジョワ社会とは何でしょう？

江戸時代までの日本は、片方に働く人（農民および職人と商人）がいる一方、片方にはその人たちの労働に寄食する働かない人（武士）がいる封建社会でした。働かない人たちがたくさんいたので働く人たちにかかる負担は大きく、「飢えない自由」を叫んで一揆を起こしても、結局、飢えて死ぬ以外に選択肢はないのが現実でしたから、そんな中で「飢える自由」を主張する人が現れるわけはありませんでした。

明治維新で、こうした封建社会は廃止され、食べるためには全員が働かなければならない社会、つまりブルジョワ社会が実現しましたが、しかし、封建社会の延長にすぎなかった明治二十年代までの日本には、まだ「飢える自由」を要求する者は現れてきませんでした。

ところが、明治二七年に勃発した日清戦争に勝利することで、日本は清国から多額の賠償金を受け取り、これを資本にして一気に近代化することに成功しました。つまり、多額の資本を必要とする鉄道・港湾・電信など社会インフラが整えられたことで産業構造が農業から工業へと転換され、近代的な工業化社会が生み出されたのです。

その一方で、明治一九年に小学校令が公布され四年制の尋常小学校に加えて四年制の高等小学校が加えられ、男女を問わず、国民のほとんどが読み書きのできる識字化社会が実現しつつありました。

もう一つの大きな近代化の要因として、日清戦争の勃発により、戦争報道への需要が高まり、新聞や雑誌などのジャーナリズムが異常発達したことが挙げられます。つまり、識字化しつつあった日本の社会は日清戦争に出会うことによって新聞や雑誌を読むという新しい習慣行動を持つようになったのです。

このように、日清戦争を境とした急激な近代化で社会が相対的に豊かになる一方で、識字率が上がって、民衆でもみんな新聞・雑誌が読めるようになったとき、初めて「飢える自由」を要求する人間というものが社会に出現したのです。

すなわち、子供と老人を除いて働ける者は全員しっかり働いて、自分の食いぶちは自分で稼がなければならないという功利主義的なエートスが日本に出現したまさにそのときに、逆説的ながら、「飢える自由」を掲げる詩人というものが現れてきたのです。

その原因はなにかといえば、一つは社会全体に余裕ができたことです。江戸時代のような全体に余裕のない社会では、「飢える自由」を掲げる人が現れたとしても激しく抑圧を受けたことでしょう。この意味では、明治後期から大正にかけての時代には、「飢える自由」を掲げる変人が現れてもそれを許容できるだけの社会的余裕が社会に生まれてきたということなのです。

もう一つの原因は、少し意外かもしれませんが、識字化の向上とジャーナリズムの普及で「他人の言葉」に触れる確率が圧倒的に高くなったことです。つまり、それまでは村落共同体で日常的に接する人たちの言葉しか「他人の言葉」に触れる機会がなかったのに、教育とジャーナリズムの影響で、はるか遠方から「他人の言葉」が大量に押し寄せてくるという体験を持ったのです。最初、人は「他人の言葉」に脳髄が占拠されるような感覚を覚え、それに快感を感じますが、あるときから、「自分の言葉」だと思っていたものがすべて「他人の言葉」にすぎないと知り、強い嫌悪感を抱くようになります。自分の言いたかったことはこうしたことではなかったんだと感じるのですが、しかし、口をついて出るのは「他人の言葉」でしかありません。ほとんどの人は、このことに何の違和感も覚えませんが、しかし、言葉に鋭敏なごく少数の人は、「他人の言葉」に侵されてしまって「自分の言葉」がなくなってしまった、本当に言いたいことが言えないと危機感を覚えます。しかし、同時に、言葉というのは原則、すべて「他人の言葉」であるという冷厳な事実に気づいて愕然とすることになるのです。

詩人が誕生するのはこの瞬間です。「他人の言葉」でしかない言葉を使って自分の言葉をつくる方法を命賭けで模索しようと決意したとき、詩人というものが生まれてくるのです。

しかし、「他人の言葉」を使いたくないというこうした言語的な潔癖症は、言語だけの問題にとどまらず日常生活にも影響を及ぼすようになります。というのも、衣食住のためにだけ働くという凡庸な日常を送っていると、自分の言語感覚が摩耗してくるように感じるからです。生活と芸術は別物という考え方をすることはできません。凡庸な生活は凡庸な芸術しか創り出さないという思いが強くなっていくからです。

詩人が「飢える自由」を選び取る決断をするのはこのときです。

文学史ではこれを芸術至上主義と呼びますが、詩人というのはどんな詩人であっても芸術至上主義者なのです。

ところで、こうした「飢える自由」を選び取る詩人というものは、不思議なことに、どんな場所、どんな環境にも例外なく生まれるわけではなく、ある一定の環境的条件を満たしたところにだけしか誕生しません。それを論ずるには前提として少し家族類型の話をする必要があります。

日本では、徳川二五〇年の治世の間に「家《イエ》」という制度が確立し、個人は個人としての欲望を捨ててでもこの「家」の存続を心掛けなくてはならないという中根千枝のいう「タテ社会」ができあがっていました。最近の家族人類学的にいうと、親が、結婚した男の子の一人（多くは長男）と同居し、親子孫の三代が同じ家に住むと直系家族ということになります。この直系家族においては、親の権威が強く、子は親の命令に従うことが美風とされますから、非常に強い保守主義が生まれます。これを免れているのは親と同居しないですむ次男・三男ですが、当時の風習として次男・三男は跡継ぎのいない他家に養子に入るのが通例になっていましたから、彼らもまたタテ社会の規範から逃れることはできませんでした。また、学校、会社、軍隊、官僚組織といった個人と国家の間にある中間団体も、タテ社会のイエの構造をそのまま反映したものになっていますから、自由を求める精神はこれらの中間団体に家以上の堅苦しさを感じることになるのです。

さて、前置きが長くなりましたが、以上の前提を踏まえてから本書をひもとくと、室生犀星と「我が愛する詩人」たちとの関係がはっきりと見えてくることになります。

まず、著者の室生犀星からいきましょう。犀星は明治二二年に旧加賀藩の足軽と女中の間に私生児として生まれましたが、生後すぐに近くの住職の家に引き取られ（ただし、住職の内縁の妻の私生児として戸籍に登録）、七歳のときに住職の室生家の養子となりました。こうした複雑な環境が「詩人」誕生に多分に関係しています。つまり、余計者として生まれてきた犀星はタテ社会の中に自分の座るべき椅子はないと子供のときから感じており、最終学歴も高等小学校中退でしたから、エリートとはほど遠い境遇にありました。従来なら、こうした境遇の若者が「飢える自由」を叫ぶ詩人になるはずはないのですが、日清戦争によって火のついた新聞・雑誌ブームで取次のネットワークが整備された結果、犀星のような地方在住の孤独な青年にも、「飢える自由」への権利が生まれてきたのです。

すなわち、給士として就職した裁判所で俳句の手ほどきを受けるかたわら、新聞や雑誌に投稿を繰り返しているうちに、言語感覚が徐々に研ぎ澄まされてきて、自分は本当に言いたいことを言いたい、そしてそれによって自分という存在を世間に認めさせたい、それによって食いぶちを失っても構わない、と思うようになります。いま風にいえば、犀星は自己認知願望を抱くに至ったのです。

　そんな犀星に、もしかすると夢はかなえられるかもしれないと大きな希望を抱かせることになったのが、北原白秋が主宰する『朱欒《ザンボア》』という詩の雑誌でした。犀星は北原白秋の処女詩集『邪宗門』を明治四二年に注文して手に入れて以来、白秋に傾倒していたのですが、書店で『朱欒』を見つけ、書き溜めていた詩を投稿したのです。

「さて私はやはりぶらぶら金沢にいて本屋の店頭に、毎日いちどずつ現われ雑誌と単行本とを見に行った。明治四十四年頃の私の毎日の日課は一日に一度ずつの、本屋訪問がぬきさしならぬ文学展望のかたちになっていた。私はそこで四六判の横を長くしたような東雲堂発行の『朱欒《ザムボア》』という、白秋編輯の詩の雑誌を見つけた。そして私は白秋宛に書きためてあった詩の中から、小景異情という短章からなる詩の原稿を送った。例の《ふるさとは遠きにありてうたふもの》という詩も、その原稿の中の一章であった。もちろん、返事はないが翌月の『朱欒』に一章の削減もなく全稿が掲載され、私はめまいと躍動を感じて白秋に感謝の手紙を送った」

　地方の「街の書店」が絶滅しつつあるいまでは考えられないことですが、とにかく、犀星は書店で見つけた詩の雑誌への投稿をきっかけに、本気で「飢える自由」を選び取る決心を固めるのです。こうした犀星の気持ちをより決定的にしたのが、『朱欒』における投稿のライバルだった萩原朔太郎との出会いです。

犀星は『朱欒』で萩原朔太郎という気になる名前を見つけ、ライバル心を燃やすと同時に、その詩に「愛誦措かざるもの」を感じとって「この男がはなはだ私にちかい憂鬱」を持っていると思ったのですが、ある日、その萩原朔太郎から「青い封筒に青い西洋紙の手紙」が届き、「君の詩は『朱欒』で毎号読んでいるが、それは抒情詩というものをあらためて皆に示すくらい高いものだといって褒めてくれた」のです。犀星はさっそく返事をしたため、前橋に朔太郎を訪ねることになりました。そのときの初印象は次のような、お互いにとって、おおいなる落胆だったようです。

「前橋市にはじめて萩原朔太郎を訪ねたのは、私の二十五歳くらいの時であり今から四十何年か前の、早春の日であった。前橋の停車場に迎えに出た萩原はトルコ帽をかむり、半コートを着用に及び愛煙のタバコを口に咥えていた。第一印象は何て気障《きざ》な虫酸の走る男だろうと私は身ブルイを感じたが、反対にこの寒いのにマントも着ずに、原稿紙とタオルと石鹼をつつんだ風呂敷包一つを抱え、犬殺しのようなステッキを携えた異様な私を、これはまた何という貧乏くさい瘠犬だろうと萩原は絶望の感慨で私を迎えた。と、後に彼は私の印象記に書き加えていた。それによると萩原は詩から想像した私をあおじろい美少年のように、その初対面の日まで恋のごとく抱いていた空想だったそうである」

このように、互いにガッカリの出会いでしたが、しかし、よく話しあってみると、二人とも、互いを「飢える自由」を選び取った数少ない同志であると認めることができ、固い友情で結ばれることになります。

この「飢える自由」という紐帯で結ばれた二人の友情というのがどんなものであったかについては犀星が萩原朔太郎の項で詳しく書いていますから省略しますが、ようするに、お互いに迷惑を掛け合うことで友情を深めていくというラ・ボエームのスタイルだったようです。

こうした観点から見ると、室生犀星が北原白秋と高村光太郎に対して抱いていた感情というものが理解できます。

すなわち、恩師と仰ぎながらも、良家のお坊ちゃん育ちという出自が抜けず、「飢える自由」の決意というよりも、溢れんばかりのハイカラな才能で詩壇を圧倒した北原白秋に対して、犀星はいまひとつ打ち解けないものを感じたらしく、「他人にはすぐきゅうくつになる田舎書生の私と、いつも高度のハイカラ趣味を持った白秋との、いんぎんにして礼儀のある交際は、そのまま永い間続いた」と書いています。まさに実感だったのでしょう。

いっぽう、高村光太郎に対しては、「飢える自由」とは無縁の倫理的詩人ということで強い違和感を抱いていたばかりか、自分より一足先に名前が印刷されるようになった詩人ということで強烈な嫉妬心を覚えていたようです。

「つまり私は毎号『スバル』の美しい印刷詩を間に置いて、高村光太郎という名前に絶えず脅かされていたのである。（中略）本屋で立ち読みする無心の私は、そこから去るときは蒼褪め悲しみ嫉み怒りをおぼえていた。その不倖は私の東京彷徨のあいだじゅう、青春の何年間も続いていた。誰でも文学をまなぶほどの人間は、何時も先きに出た奴の印刷に脅かされる。いちど詩とか小説で名前が印刷されるということは傍若無人な暴力となって、まだ印刷されたことのない不倖な人間を怯えさせ、おこりを病むようにがたがた震えを起させるものである」

では、室生犀星は、山村暮鳥、百田宗治、千家元麿といったほぼ同世代の親しい詩人たちに対してはどのようなポジションをとっていたのでしょうか？

ひとことでいうと、君たちは「飢える自由」への覚悟が足りないから、詩も中途半端でひ弱なものにしかならないんだ、という、根性の据わった詩人が発する強い叱責のようなものが感じられます。

「暮鳥の寝具の上げ下ろしは、勢い私がつとめる役目だった。この田舎の殿様は、感嘆これ措くあたわざる語調で或る日言われた。

『毎日寝具の上げ下ろしは大変だね。』

併し私は却って暮鳥のこの言葉が、不思議に頭にひびいた。何も寝具の上げ下ろしが大変なことはないはずだ、変なことをいう男だ、私は暮鳥がいつも夜具を自分で上げなくて、奥さんに上げて貰っていることに気がつかなかった」

「彼［百田宗治］は誰にもしんせつで世話好きだったが、仕事のうえでは誰人も褒めず、また、若い一人の詩人にむちゅうにならなかった。あれはちょっといい詩を書くがあのままでは困るとかいい、難くせを付け痛いところに触れ、いつも気むずかしい批判家の立場をとっていた。それが身上なのだ。彼は晩年詩から遠ざかって教育雑誌に関係して、童謡とか子供の詩とかに打ち込んで行ったのは、生活的にそこに引きずり込まれた原因もあるが、若いうちから完成された人となりの向きが、如何にも向いた場所を得たような閉じこもりを与えて得たのである」

「千家は作ってこれを眺め、いじくり廻す体の詩人ではない、書き終るとすぐに雑誌とか新聞社に渡して了う人なのであろう、読み返したり書き加えたり、また読み直して手をいれることをしなかった詩人なのである。詩の韻律行形はがたがただが、がたがたな中にある感情のすなおさは、ちょっと類のないものを見せている。実に稀なほど生一本の詩人なのだ」

　私は個人的にはこの三人の詩人が大好きなのですが、しかし、室生犀星の評言が彼らの詩の本質をついていることは認めざるをえません。犀星はポルトレから入って詩の本質に至るというジャンルを極めた批評家でもあるのです。

これに対して、堀辰雄、立原道造、津村信夫といった後輩の詩人たちに対する犀星の視線には、自分の子供に対するような愛情が感じられます。つまり、彼ら三人は、明らかに「飢える自由」を主張しない新しい世代の詩人たちなのですが、犀星は、だからダメなんだとは決して言いません。むしろ「飢える自由」などという言葉とは無縁な環境に育った新しい世代に眩しさのようなものを感じ、これもまた詩人のスタイルなんだと肯定しているような印象を受けるのです。そのせいでしょうか、この三人の詩人のポルトレには、詩人・犀星の屈折した感情ではなく、むしろ小説家・犀星の観察の鋭さを見てとることができます。とくに肉体的な特徴を精神のそれとリンクさせる技は名人芸といってもいいでしょう。

「手なんぞ見ても、小ぶとりの柔らかい指に、しとやかな肉つきをもっていた。この人は女の子だったのが間違って男の子に生まれたのではないかと、私はいつも同じ優しい瞬きを見せている堀を見て、そう思った。だから殆どの人が堀を好いていたのだ」

「立原道造は、顔の優しいのとは全然ちがった、喉の奥から出る立派な声帯を持っていた。話し声や笑い声はすでに大家の如き堂々たる声量を持っていて、時々、私はその立派やかな太い声に、耳を立て直すことがあった」

「彼［津村信夫］は門から這入って来ると、もう笑いを一杯に顔の中にならべて、おっさん、留守か、と子供達ばかり出て迎える様子にそれを察して言った。（中略）みんなを笑わせ、自分も笑うことを愉しんだ。彼は笑うことが生きている真中にいる人のように、よく愉しく笑う男であった」

おそらく、室生犀星は、若くして身罷ったこれら三人の詩人の回想を書きながら、彼らが特徴のある顔つきや体つきで一瞬現れてきて、また消えてゆくのを、なんともいえない哀切感で見送っていたのでしょう。

「この若い三人の友達はさっさと先きに死んでしまい、私は一人でこつこつ毎日書き、毎日くたびれて友を思うことも、まれであった。こういう伝記をかくときだけに彼らは現われ、私は話しこむのである。そして彼らは決して不機嫌ではなくにこにこし、老来、笑いを失いかけている変な顔の私を、むしろ見なれない男のように見ていた。死んだ人というものは、生きている人間には瞬間的では、ちょっと見なれない眼付を夢などで見た時に示すものである」

最後に、「飢える自由」という聞き馴れないタームを持ち出したことの正当化として、室生犀星の代表作である「小景異情その二」を掲げておきましょう。詩人たることの条件が「飢える自由」の選択であった一つの時代のまたとない証言となっているはずです。

ふるさとは遠きにありて思ふもの
そして悲しくうたふもの

よしや
うらぶれて異土の乞食《かたゐ》となるとても
帰るところにあるまじや
ひとり都のゆふぐれに
ふるさとおもひ涙ぐむ
そのこころもて
遠きみやこにかへらばや
遠きみやこにかへらばや

【金沢・1】

一八八九年（明治二二年）　当歳

八月一日、石川県金沢市裏千日町三一番地（一説に、富山県高岡市）に生まれる。父は小畠弥左衛門吉種（異説もある）。犀星出生時、吉種は六三歳（六七歳とも）、その前々年に正妻まさを失っている。通称はるという女性だとされる母については、吉種の女中であった佐部ステとも、以前芸妓をしていた山崎千賀とも、また、まさの姪にあたる池田初ともいうが、不明。生まれて間もなく、雨宝院の隣地に住む赤井ハツ（後、犀星の養父となる雨宝院住職室生真乗の内縁の妻）に貰われ、「私生子男　照道」として届出られる。ハツにはすでにテヱ・真道という二人の貰い子（後にきんが加わる）があり、血のつながりのない人間同士のつくる家族の中で成長する。

一八九五年（明治二八年）　六歳

九月、金沢市立野町尋常小学校に入学。

一八九六年（明治二九年）　七歳

二月（三月か）、室生真乗の養嗣子となり室生姓を継ぐが、日常生活は以前と変わらない。

一八九八年（明治三一年）　九歳

三月一五日、実父吉種死去。その夜実母は失踪し行方不明になった、と自叙伝にある。

一八九九年（明治三二年）　一〇歳

三月、野町尋常小学校卒業。

一九〇〇年（明治三三年）　一一歳

四月、金沢高等小学校（この年、長町高等小学校と改称）に入学。

一九〇二年（明治三五年）　一三歳

五月、長町高等小学校を三年で中途退学。義兄真道の勧めていた金沢地方裁判所に給仕として就職。

一九〇四年（明治三七年）　一五歳

一〇月八日、「北国新聞」に照文の筆名で「水郭の一林紅し夕紅葉」の一句が載る。裁判所の上司河越風骨らに俳句の指導を受け、投稿時代が始まる。明治期に、犀星全句の約三分の一に当たる五七〇句ほどが紙誌に載る。

一九〇五年（明治三八年）　一六歳

三月四日、「北国新聞」に照文生の筆名で小品文「寒い月」が載る。明治期には一五の小品文が「北国新聞」「政教新聞」「少年世界」「文章世界」などに掲載され、他に「新声」に載った短篇「宗左衛門」がある。

一九〇六年（明治三九年）　一七歳

二月一〇日、「政教新聞」に詩「寒懐賦」（五篇の詩の総題）と「離別」が載る。これが初めて活字になった詩。三月三日、「政教新聞」に詩「血あり涙ある人に」が掲載され、この時初めて犀星の筆名を用いる。

一九〇七年（明治四〇年）　一八歳

七月、「新声」に投稿した詩「さくら石斑魚《うぐひ》に添えて」が児玉花外選で首位になり、花外から激励の手紙をもらう。また、同誌同月号に尾上柴舟選で短歌四首が載る。これ以後、「新声」への詩の投稿が多くなり、詩で身を立てる気持ちが強まる。夏頃、尾山篤二郎、表棹影らと北辰詩社を創設。

一九〇八年（明治四一年）　一九歳

一〇月、北辰詩社の機関誌「響」創刊。創刊号に詩一〇篇と俳句一句を載せる。この年、俳句、短歌、詩の発表特に多く、明治期で創作活動が最も盛ん。一二月、金沢地方裁判所金石《かないわ》出張所に転勤。御塩蔵町浅井れん方に下宿。

一九〇九年（明治四二年）二〇歳
二月、本町の尼寺宗源寺（通称釈迦堂）に転宿。金石での生活が、後に詩「かもめ」「海浜独唱」、小説「海の僧院」などの題材となる。四月、詩友表棹影死去。九月頃、文学に専念するために裁判所を退職。しばらくして福井県三国町にあった相場新聞の「みくに新聞」に入社するが、社長と衝突、二週間ほどで退社。養家に帰る。

【本郷】

一九一〇年（明治四三年）二一歳
二月、詩「尼寺の記憶」が初めて「スバル」に載る。この頃、石川新聞社に入社、わずか勤めて退社。五月五日、文学で身を立てる決意をもって上京。裁判所で上司であった赤倉錦風の上根岸の家に止宿。赤倉の紹介で東京地方裁判所の筆耕の仕事をする。後、本郷根津片町、谷中三崎町、千駄木林町と下宿を転々と変えて生活。貧困、希望と失意の青春放浪生活が始まる。本郷界隈の下宿を転々とする放浪時代は、大正五年七月田端一六三番地沢田喜右衛門方に転居するまで続く。

一九一一年（明治四四年）二二歳
七月、帰郷。一〇月、上京。この後、帰郷、上京を繰り返し居所も転々とする。前年とこの年の作品極めて少ない。

一九一二年（明治四五年・大正元年）二三歳
一〇月より、「青き魚を釣る人」「静かなる空」「都より帰りて」（後「かもめ」と改題）等の詩を「スバル」「北国新聞」に載せ、詩作中心の時代に入る。一二月、尾山篤二郎が中心となって金沢で創刊した「樹蔭」に参加する。

一九一三年（大正二年）　二四歳

一月、京都に旅行、藤井紫影の紹介で上田敏を訪問する。晩春、「朱欒《ザンボア》」掲載詩を見た萩原朔太郎から突然手紙をもらい、以来親交を結び、生涯の詩友となる。この年、後にそのほとんどが詩集『抒情小曲集』『青き魚を釣る人』等に収められる六〇篇を超える詩を、「朱欒」（五月終刊号に「小景異情」を掲載）「スバル」「詩歌」「創作」「秀才文壇」等に発表。本格的な詩作活動の時代に入る。

一九一四年（大正三年）　二五歳

二月一四日、初めて萩原朔太郎を前橋に訪ね、利根川畔の一明館に三月八日まで滞在し、毎日会う。この春から山村暮鳥との文通が始まる。六月、萩原、山村と三人で人魚詩社を創立。九月、尾山篤二郎らと「異端」創刊。この年、前年に続き発表詩多く、新進詩人として注目されるが、窮乏生活は変わらない。

一九一五年（大正四年）　二六歳

二月、視力を失った養父真乗に代わって新住職が雨宝院に入り、真乗はハツの住む寺院の隣家に移り住む。三月、人魚詩社から「卓上噴水」を創刊（三集で廃刊）、編集兼発行人となる。五月八日、萩原朔太郎来訪し、一七日まで滞在。歓待する。五月一八日、村田艶が結婚し、失恋。艶は犀星作品の中に生きつづける。一〇月下旬、金沢を離れ、本郷界隈の最後の居所となる本郷千駄木町一二〇番地萩谷録郎方に下宿。一二月、人魚詩社の第一詩集として、山村暮鳥の『聖三稜玻璃』を刊行、その序文を書く。この年より、後に『愛の詩集』に収められる口語詩が書かれ始める。

【田端】

一九一六年（大正五年）　二七歳

六月、萩原朔太郎と感情詩社を設立し「感

情」を創刊、編集兼発行人となる。七月、田端一六三番地沢田喜右衛門方に転宿。以後、関東大震災後の金沢への転居をはさんで、昭和三年六月まで田端を居所とする。この年、トルストイ、ドストエフスキーに傾倒し、キリスト教に関する文章を書く。愛の倫理が深められ、後に『愛の詩集』に収められる詩を多く発表する。

一九一七年（大正六年）　二八歳

二月、萩原朔太郎の第一詩集『月に吠える』が感情詩社から刊行され、発行名義人となる。九月二三日、養父真乗死去。家督を継ぎ、寺院を売却する。この間に、かねて文通中の浅川とみ子と婚約。

一九一八年（大正七年）　二九歳

一月、念願の第一詩集『愛の詩集』を感情詩社より刊行。同月、日夏耿之介『転身の頌』出版記念会で芥川龍之介、福士幸次郎を知る。二月一三日、浅川とみ子と生家の小畠家で結婚式を挙げ、田端一六三番地沢田方に新居をもつ。とみ子は明治二八年七月一〇日金沢市池田町の生まれ。私立金城女学校を卒業後小学校教員となり、当時は市内の新堅町尋常小学校に勤めていた。四月、評論集『新らしい詩とその作り方』を文武堂書店より刊行。九月、第二詩集『抒情小曲集』を感情詩社より刊行。この年は、これまでの文学・生活に一つの結論を出した年であった。

一九一九年（大正八年）　三〇歳

五月、『第二愛の詩集』を文武堂書店より刊行。八月、ほとんど習作をもたないまま「幼年時代」を「中央公論」に載せる。続いて、編集者滝田樗陰に認められ一〇月に「性に眼覚める頃」、一一月に「或る少女の死まで」と自伝的作品を同誌に発表し、以後小説の執筆が多くなる。同月、「感情」第三二号（最終号）を出す。一〇月（一一月か）、田端五七一番地に転居。

一九二〇年（大正九年）　三一歳
一月、最初の小説集『性に眼覚める頃』を新潮社より刊行。七月末、長野に旅行し軽井沢の旅館「つるや」に宿泊。以後、亡くなる前年の昭和三六年まで毎夏軽井沢を訪れる。初め「つるや」が常宿、大正一五年から望月小太郎の貸別荘を借り、昭和六年大塚山麓に別荘を新築。昭和一九年八月から同二四年九月までは当地に疎開。一〇月、童話の第一作「星と老人」を「童話」に載せる。この年、初めての新聞連載小説「海の僧院」（「報知新聞」大9・3・11〜同4・17）を含めて「結婚者の手記」「美しき氷河」「香炉を盗む」など三八篇の小説を発表。いわゆる濫作時代が始まる。

一九二一年（大正一〇年）　三二歳
一月、史実小説の第一作「鯉」を「新潮」に発表。三月、田端五二三番地に転居。五月六日、長男豹太郎誕生。この年、新聞連載小説「蝙蝠」（「大阪毎日新聞」夕刊、大10・3・29〜同5・6）「金色の蝿」（「報知新聞」夕刊、大10・7・28〜同10・13）を含む四五篇の小説を発表。小説集『古き毒草園』（隆文館刊）『香炉を盗む』（隆文館刊）など五冊の創作集を出す。

一九二二年（大正一一年）　三三歳
六月二四日、長男豹太郎夭逝。一二月、亡児を悼む作品を収めた『忘春詩集』を京文社より刊行。この年、沈鬱な主情的な詩、および童話・随筆が多くなり、後半期には濫作の下降現象がみられる。

【金沢・2】

一九二三年（大正一二年）　三四歳
四月、詩集『青き魚を釣る人』をアルスより刊行。五月、堀辰雄初来訪。八月二七日、長女朝子誕生。一〇月、関東大震災後、家族と共に金沢に帰り、池田町の妻とみ子の実家に仮寓。数日後、上本多町川御亭三一番地に移り住む。一一月、中野重治初来訪。一二月、川岸町一二番地に転居。

一九二四年（大正一三年）　三五歳

二月、窪川鶴次郎初来訪。五月一五日、芥川龍之介来訪。一九日まで滞在し、兼六園内の三芳庵に宿泊。歓待する。六月、初めての戯曲「人物と陰影」が「我観」に載る。七月、堀辰雄来訪。八月、軽井沢で芥川、松村みね子らと親しく交際する。九月、詩集『高麗の花』を新潮社より刊行。

【続・田端】

一九二五年（大正一四年）　三六歳

一月、単身上京、田端六一三番地に仮寓。二月、田端六〇八番地に移り、家族を迎える。三月、第一童話集『翡翠』を宝文館より刊行。四月、田端五二三の旧居に転居。近くに越してきた萩原朔太郎と頻繁に会う。六月、第一随筆集『魚眠洞随筆』を新樹社より刊行。

一九二六年（大正一五年・昭和元年）　三七歳

四月、中野、堀、窪川らが「驢馬」を創刊、これを後援する。五月、金沢に行き、天徳院寺領を借りて作庭を始める。八月、軽井沢で津村信夫を知る。九月一一日、二男朝巳誕生。

一九二七年（昭和二年）　三八歳

六月、随筆集『庭を造る人』を改造社より刊行。七月、芥川龍之介の自殺に大きな衝撃を受け、文学者としての新たな決意と覚悟をもつ。

【馬込・1】

一九二八年（昭和三年）　三九歳

四月二八日、養母ハツ死去。五月、評論・随筆集『芭蕉襍記』を武蔵野書院より刊行。七月、田端の家を引き払い、軽井沢の貸別荘で夏を過ごす。九月、金沢に行き、庭造りに専念。同月、詩集『鶴』を素人社書屋より刊行。一一月、妻子を妻とみ子の実家に残し、単身上京。荏原郡馬込町谷中一〇七七番地に居を構え、妻子を呼ぶ。近くに住んでいた萩原朔太郎と繁く往来する。この年、随筆・評論が多い。

一九二九年（昭和四年）四〇歳

二月、随筆集『天馬の脚』を改造社より刊行。四月、第一句集『魚眠洞発句集』を武蔵野書院より刊行。この年、前年に続いて随筆・評論が多い。

一九三〇年（昭和五年）四一歳

五月、生田春月の自殺に衝撃を受ける。九月、随筆集『庭と木』を武蔵野書院より刊行。

一九三一年（昭和六年）四二歳

六月一一日より、芥川龍之介をモデルとした「青い猿」を「都新聞」に八月一一日まで連載。七月、軽井沢一一三三番地に別荘を新築。これにより軽井沢とのかかわりは一層深まり、軽井沢は犀星の第二の故郷となる。

【馬込・2】

一九三二年（昭和七年）四三歳

四月、荏原郡馬込町久保七六三番地（現、大田区南馬込一―四九―一〇）に新築転居。ここが終の住処となる。金沢天徳院寺領の草庵・庭を手放して馬込の家建築の費用に充てる。九月、『犀星随筆』を春陽堂書店より刊行。同月、詩集『鉄集』を椎の木社より刊行。

一九三三年（昭和八年）四四歳

二月、『十九春詩集』を椎の木社より刊行。一一月、随筆集『茱萸の酒』を岡倉書房より刊行。

一九三四年（昭和九年）四五歳

一月、京都へ行き、名苑を観賞する。五月、随筆集『文芸林泉』を中央公論社より刊行。七月、「あにいもうと」を「文芸春秋」に発表、これを機に創作活動盛んになる。八月、「詩よ君とお別れする」を「文芸」に載せて詩との訣別を表明するとともに、新たな小説世界発見への自信を示す。〈市井鬼もの〉の時代始まる。

一九三五年（昭和一〇年）　四六歳

一月、芥川賞が創設され、その選考委員になる。同月、小説集『神々のへど』を山本書店より刊行。二月、『慈眼山随筆』を竹村書房より刊行。六月、「復讐の文学」を「改造」に発表、自己の文学上の姿勢を示す。七月、「あにいもうと」により第一回文芸懇話会賞を受賞。九月、随筆集『文学』を三笠書房より刊行。

一九三六年（昭和一一年）　四七歳

二月、長篇小説『聖処女』を新潮社より刊行。四月、随筆集『薔薇の羹』を改造社より刊行。六月、小説集『弄獅子』を有光社より刊行。随筆集『印刷庭苑』を竹村書房より刊行。同月、「あにいもうと」映画になる。九月、『室生犀星全集』（全一三巻別冊一巻）が非凡閣から刊行される（昭和一二年一〇月完結）。

一九三七年（昭和一二年）　四八歳

四月一八日、東京を立ち、朝日新聞社の依嘱による、満州・朝鮮への生涯ただ一回の海外旅行をする。五月三日、下関着。九月、随筆集『駱駝行』を竹村書房より刊行。

一九三八年（昭和一三年）　四九歳

二月、大陸行に材を取った長篇小説『大陸の琴』を新潮社より刊行。一一月一三日、妻とみ子脳溢血で倒れ、半身不随となる。この年、〈市井鬼もの〉が姿を消し、高揚期が終わる。

一九三九年（昭和一四年）　五〇歳

三月、立原道造死去。四月、随筆集『あやめ文章』を作品社より刊行。一〇月、萩原朔太郎と共に水戸高等学校で講演。同月、小説集『つくしこひしの歌』を実業之日本社より刊行。一一月、妻とみ子の句集『しぐれ抄』を出版。
一九四〇年（昭和一五年）　五一歳
六月、小説集『美しからざれば哀しからんに』を実業之日本社より刊行。九月、随筆集『此君』を人文書院より刊行。一一月、〈王朝もの〉の第一作「荻吹く歌」を「婦人之友」に発表。一二月、小説集『戦死』を小山書店より刊行。
一九四一年（昭和一六年）　五二歳
三月、金沢、尾山倶楽部で講演（演題「文学者と郷土」）。これが金沢を訪れた最後となる。八月、随筆集『花霙』を豊国社より刊行。九月、童話集『四つのたから』を小学館より刊行。小説集『王朝』を実業之日本社より刊行。一二月、小説集『甚吉記』を愛宕書房より刊行。この年、〈王朝もの〉・〈甚吉もの〉・童話が多い。
一九四二年（昭和一七年）　五三歳
四月、胃潰瘍のため一二〇日間ほど入院。同月、童話集『鮎吉・船吉・春吉』を小学館より刊行。五月一一日、萩原朔太郎死去。四日後の一五日、佐藤惣之助死去。同月、自伝小説『泥雀の歌』を実業之日本社より刊行。六月、小説集『虫寺抄』を博文館より刊行。一〇月一〇日、義理の甥、小畠悌一死去。一一月二日、北原白秋死去。この年、親しくした多くの文友が亡くなる。
一九四三年（昭和一八年）　五四歳
一月、小説集『木洩日』を六芸社より刊行。六月、童話集『山の動物』を小学館より刊行。六月、随筆集『日本の庭』を朝日新聞社より刊行。七月、亡友萩原朔太郎、佐藤惣之助を描いた長篇小説『我友』を博文館より刊行。九月、『動物詩集』を日本絵雑誌社より刊行。同月二〇日、児玉花外死去。一一月一八日、徳田秋声死去。この年も、前年に続き親しい人々を失う。

【軽井沢】

一九四四年（昭和一九年）　五五歳
三月、小説・随筆集『余花』を昭南書房より刊行。六月二七日、津村信夫死去。八月一七日、竹村俊郎死去。八月中旬、軽井沢に疎開する。
一九四五年（昭和二〇年）　五六歳
三月一三日、兄、小畠生種死去。一〇月、長篇小説『山吹』を全国書房より刊行。
一九四六年（昭和二一年）　五七歳
一月、小説集『信濃山中』を全国書房より刊行。二月、随筆集『山ざと集』を生活社より刊行。
一九四七年（昭和二二年）　五八歳
一月、小説集『玉章』を共立書房より刊行。二月、詩集『旅びと』を臼井書房より刊行。一〇月、小説集『世界』を東京出版より刊行。
一九四八年（昭和二三年）　五九歳
三月、童話集『オランダとけいとが』を小学館より刊行。四月、長篇小説『みえ』を実業之日本社より刊行。八月、日本芸術院会員となる。一一月一日、長女朝子、青木和夫と軽井沢で結婚。媒酌人、正宗白鳥。

【続・馬込】

一九四九年（昭和二四年）　六〇歳
八月、随筆集『泥孔雀』を沙羅書房より刊行。九月、軽井沢の疎開生活を切り上げ、馬込の家に帰る。
一九五三年（昭和二八年）　六四歳
五月二八日、堀辰雄死去。九月三日、折口信夫死去。親しい文学者を失う。
一九五四年（昭和二九年）　六五歳
一月下旬から二月下旬まで、約一ヵ月間胃潰瘍で入院。入院生活に取材した「黄と灰色の問答」を四月「群像」に、「文章病院」を五月「小説公園」に、「蝶紋白」を六月「文芸」に載せる。一二月、朝子離婚。
一九五五年（昭和三〇年）　六六歳

一月、「新潮」に随筆「女ひと」の連載を始める（六月まで）。二月、長い沈黙の後、久し振りに小説集『黒髪の書』を新潮社より刊行。六月三日、恩地孝四郎死去。一〇月、随筆集『女ひと』を新潮社より刊行。「女ひと」の連載をきっかけとして、この年より晩年の目覚ましい活躍が始まる。

一九五六年（昭和三一年）　六七歳

二月、小説集『舌を嚙み切つた女』を河出書房より刊行。三月、随筆集『続女ひと』を新潮社より刊行。五月、「週刊新潮」に「三人の女」の連載を始める（八月まで）。同月、「舌を嚙み切つた女」歌舞伎座で上演される。九月、長篇小説『三人の女』を新潮社より刊行。一〇月、随筆集『誰が屋根の下』を村山書店より刊行。一一月一日、「東京新聞」夕刊に「杏つ子」の連載を始める（昭和三二年八月一八日まで）。一二月、小説集『陶古の女人』を三笠書房より刊行。

一九五七年（昭和三二年）　六八歳

四月、随筆集『李朝夫人』を村山書店より刊行。六月、小説集『夕映えの男』を講談社より刊行。七月、『哈爾濱詩集』を冬至書房より刊行。一〇月、『杏つ子』を新潮社より刊行。この年も、「杏つ子」の連載を中心に、多くの小説・随筆・詩を発表。

一九五八年（昭和三三年）　六九歳

一月、「杏つ子」によって、読売文学賞を受賞。同月、「婦人公論」に「我が愛する詩人の伝記」の連載を始める（一二月まで）。二月、随筆集『刈藻』を清和書院より刊行。三月、小説集『つゆくさ』を筑摩書房より刊行。五月、「杏つ子」映画になる。七月、「婦人之友」に「かげろふの日記遺文」の連載を始める（昭和三四年六月まで）。九月、「山吹」歌舞伎座で上演される。一一月、『室生犀星作品集』（全一二巻）が新潮社から刊行される（昭和三五年五月完結）。一二月、評伝集『我が愛する詩人の伝記』を中央公論社より刊行。同月二二日、義兄赤井真道死去。

一九五九年（昭和三四年）七〇歳

一月、「新潮」に「蜜のあはれ」の連載を始める（四月まで）。五月、随筆集『硝子の女』を新潮社より刊行。八月、詩集『昨日いらつしつて下さい』を五月書房より刊行。一〇月一八日、妻とみ子死去。享年六四歳。同月、長篇小説『蜜のあはれ』を新潮社より刊行。一一月、長篇小説『かげろふの日記遺文』を講談社より刊行。同月、「我が愛する詩人の伝記」によって、毎日出版文化賞を受賞。一二月、「かげろふの日記遺文」によって、野間文芸賞を受賞。その賞金を基にして、室生犀星詩人賞の創設、自身の文学碑の建立、妻とみ子の遺稿句集の刊行を行うことにする。

一九六〇年（昭和三五年）七一歳

三月、『とみ子発句集』を刊行し知人に贈る。同月、「かげろふの日記遺文」歌舞伎座で上演される。同月、小説集『火の魚』を中央公論社より刊行。七月、長篇小説『告ぐるうた』を講談社より刊行。一〇月、随筆集『生きたきものを』を中央公論社より刊行。一二月、第一回室生犀星詩人賞を滝口雅子に贈る。同月二六日、義姉松田テヱ死去。

一九六一年（昭和三六年）七二歳

四月、評伝集『黄金の針』を中央公論社より刊行。七月、軽井沢矢ケ崎川二手橋畔の詩碑完成。同月、小説集『草・簪・沼』を新潮社より刊行。一〇月六日、健康勝れず、虎の門病院に入院。検査の結果、肺癌の診断が下る。一一月八日、退院。同月一三日、「日本経済新聞」に「私の履歴書」の連載を始める（一二月七日まで）。一二月、第二回室生犀星詩人賞を富岡多恵子・辻井喬に贈る。

一九六二年（昭和三七年）

二月、『はるあはれ』を中央公論社より刊

行。二月二五日、詩「老いたるえびのうた」を書き、「婦人之友」の記者に渡す。「婦人之友」四月号に掲載されたこの作品が絶筆となる。三月、『室生犀星全詩集』を筑摩書房より刊行。同月一日、虎の門病院に再入院。同月二六日午後七時二六分、肺癌のため永眠。同月二九日、青山葬儀場にて葬儀。葬儀委員長、中野重治。没後、同月、随筆集『四角い卵』が新潮社から、五月、小説集『われはうたへどもやぶれかぶれ』が講談社から、同月、長篇小説『宿なしまり子』が角川書店から、八月、小説・随筆集『好色』が筑摩書房から刊行された。

（作成・星野晃一）

本年譜は、本多浩編「室生犀星年譜」（『室生犀星文学年譜』第三編）その他の資料を参照し、室生朝子氏の協力を得て作成した。年齢は満年齢で記載した。

本書は、『我が愛する詩人の伝記』(中公文庫・一九七四年四月刊)を底本としました。なお、底本中明らかな誤りは訂正し、多少ふりがなを調整しました。底本にある表現で、今日からみれば不適切なものがありますが、作品が書かれた時代背景と作品的価値を考慮し、そのままとしました。よろしくご理解のほどお願いいたします。

我《わ》が愛《あい》する詩人《しじん》の伝記《でんき》

室生犀星《むろおさいせい》

二〇一六年八月一〇日第一刷発行
二〇二五年二月一四日第八刷発行

発行者――篠木和久
発行所――株式会社　講談社
東京都文京区音羽2・12・21　〒112-8001
電話　編集（03）5395・3513
　　　販売（03）5395・5817
　　　業務（03）5395・3615

デザイン――菊地信義
印刷――株式会社KPSプロダクツ
製本――株式会社国宝社
本文データ制作――講談社デジタル製作
2016, Printed in Japan
定価はカバーに表示してあります。

講談社
文芸文庫

ISBN978-4-06-290318-9

▶解=解説　案=作家案内　人=人と作品　年=年譜を示す。　2025年1月現在

講談社文芸文庫

講談社文芸文庫

澤田 謙 ——プリューターク英雄伝　中村伸二——年
椎名麟三 —深夜の酒宴|美しい女　井口時男—解／斎藤末弘—年
島尾敏雄 —その夏の今は|夢の中での日常　吉本隆明—解／紅野敏郎—案
島尾敏雄 —はまべのうた|ロング・ロング・アゴウ　川村 湊——解／柘植光彦—案
島田雅彦 —ミイラになるまで 島田雅彦初期短篇集　青山七恵—解／佐藤康智—年
志村ふくみ -一色一生　高橋 巖——人／著者————年
庄野潤三 —夕べの雲　阪田寛夫—解／助川徳是—案
庄野潤三 —ザボンの花　富岡幸一郎-解／助川徳是—年
庄野潤三 —鳥の水浴び　田村 文——解／助川徳是—年
庄野潤三 —星に願いを　富岡幸一郎-解／助川徳是—年
庄野潤三 —明夫と良二　上坪裕介—解／助川徳是—年
庄野潤三 —庭の山の木　中島京子—解／助川徳是—年
庄野潤三 —世をへだてて　島田潤一郎-解／助川徳是—年
笙野頼子 —幽界森娘異聞　金井美恵子-解／山﨑眞紀子-年
笙野頼子 —猫道 単身転々小説集　平田俊子—解／山﨑眞紀子-年
笙野頼子 —海獣|呼ぶ植物|夢の死体 初期幻視小説集　菅野昭正—解／山﨑眞紀子-年
白洲正子 —かくれ里　青柳恵介—人／森 孝———年
白洲正子 —明恵上人　河合隼雄—人／森 孝———年
白洲正子 —十一面観音巡礼　小川光三—人／森 孝———年
白洲正子 —お能|老木の花　渡辺 保——人／森 孝———年
白洲正子 —近江山河抄　前 登志夫—人／森 孝———年
白洲正子 —古典の細道　勝又 浩——人／森 孝———年
白洲正子 —能の物語　松本 徹——人／森 孝———年
白洲正子 —心に残る人々　中沢けい—人／森 孝———年
白洲正子 —世阿弥 ——花と幽玄の世界　水原紫苑—人／森 孝———年
白洲正子 —謡曲平家物語　水原紫苑—解／森 孝———年
白洲正子 —西国巡礼　多田富雄—解／森 孝———年
白洲正子 —私の古寺巡礼　高橋睦郎—解／森 孝———年
白洲正子 —[ワイド版]古典の細道　勝又 浩——人／森 孝———年
鈴木大拙訳 -天界と地獄 スエデンボルグ著　安藤礼二—解／編集部——年
鈴木大拙 —スエデンボルグ　安藤礼二—解／編集部——年
曽野綾子 —雪あかり 曽野綾子初期作品集　武藤康史—解／武藤康史—年
田岡嶺雲 —数奇伝　西田 勝——解／西田 勝——年
高橋源一郎 -さようなら、ギャングたち　加藤典洋—解／栗坪良樹—年

高橋源一郎	ジョン・レノン対火星人	内田 樹——解／栗坪良樹——年
高橋源一郎	ゴーストバスターズ 冒険小説	奥泉 光——解／若杉美智子—年
高橋源一郎	君が代は千代に八千代に	穂村 弘——解／若杉美智子・編集部—年
高橋源一郎	ゴヂラ	清水良典——解／若杉美智子・編集部—年
高橋たか子	人形愛｜秘儀｜甦りの家	富岡幸一郎-解／著者———年
高橋たか子	亡命者	石沢麻依——解／著者———年
高原英理編	深淵と浮遊 現代作家自己ベストセレクション	高原英理——解
高見 順	如何なる星の下に	坪内祐三——解／宮内淳子——年
高見 順	死の淵より	井坂洋子——解／宮内淳子——年
高見 順	わが胸の底のここには	荒川洋治——解／宮内淳子——年
高見沢潤子	兄 小林秀雄との対話 人生について	
武田泰淳	蝮のすえ｜「愛」のかたち	川西政明——解／立石 伯——案
武田泰淳	司馬遷—史記の世界	宮内 豊——解／古林 尚——年
武田泰淳	風媒花	山城むつみ-解／編集部——年
竹西寛子	贈答のうた	堀江敏幸——解／著者———年
太宰 治	男性作家が選ぶ太宰治	編集部——年
太宰 治	女性作家が選ぶ太宰治	
太宰 治	30代作家が選ぶ太宰治	編集部——年
田中英光	空吹く風｜暗黒天使と小悪魔｜愛と憎しみの傷に 田中英光デカダン作品集 道籏泰三編	道籏泰三——解／道籏泰三——年
谷崎潤一郎	金色の死 谷崎潤一郎大正期短篇集	清水良典——解／千葉俊二——年
種田山頭火	山頭火随筆集	村上 護——解／村上 護——年
田村隆一	腐敗性物質	平出 隆——人／建畠 晢——年
多和田葉子	ゴットハルト鉄道	室井光広——解／谷口幸代——年
多和田葉子	飛魂	沼野充義——解／谷口幸代——年
多和田葉子	かかとを失くして｜三人関係｜文字移植	谷口幸代——解／谷口幸代——年
多和田葉子	変身のためのオピウム｜球形時間	阿部公彦——解／谷口幸代——年
多和田葉子	雲をつかむ話｜ボルドーの義兄	岩川ありさ-解／谷口幸代——年
多和田葉子	ヒナギクのお茶の場合｜海に落とした名前	木村朗子——解／谷口幸代——年
多和田葉子	溶ける街 透ける路	鴻巣友季子-解／谷口幸代——年
近松秋江	黒髪｜別れたる妻に送る手紙	勝又 浩——解／柳沢孝子——案
塚本邦雄	定家百首｜雪月花(抄)	島内景二——解／島内景二——年
塚本邦雄	百句燦燦 現代俳諧頌	橋本 治——解／島内景二——年

塚本邦雄	王朝百首	橋本 治——解／島内景二——年
塚本邦雄	西行百首	島内景二——解／島内景二——年
塚本邦雄	秀吟百趣	島内景二——解
塚本邦雄	珠玉百歌仙	島内景二——解
塚本邦雄	新撰 小倉百人一首	島内景二——解
塚本邦雄	詞華美術館	島内景二——解
塚本邦雄	百花遊歴	島内景二——解
塚本邦雄	茂吉秀歌『赤光』百首	島内景二——解
塚本邦雄	新古今の惑星群	島内景二——解／島内景二——年
つげ義春	つげ義春日記	松田哲夫——解
辻 邦生	黄金の時刻の滴り	中条省平——解／井上明久——年
津島美知子	回想の太宰治	伊藤比呂美-解／編集部——年
津島佑子	光の領分	川村 湊——解／柳沢孝子——案
津島佑子	寵児	石原千秋——解／与那覇恵子-年
津島佑子	山を走る女	星野智幸——解／与那覇恵子-年
津島佑子	あまりに野蛮な 上・下	堀江敏幸——解／与那覇恵子-年
津島佑子	ヤマネコ・ドーム	安藤礼二——解／与那覇恵子-年
坪内祐三	慶応三年生まれ　七人の旋毛曲り 漱石・外骨・熊楠・露伴・子規・紅葉・緑雨とその時代	森山裕之——解／佐久間文子-年
坪内祐三	『別れる理由』が気になって	小島信夫——解
鶴見俊輔	埴谷雄高	加藤典洋——解／編集部——年
鶴見俊輔	ドグラ・マグラの世界｜夢野久作 迷宮の住人	安藤礼二——解
寺田寅彦	寺田寅彦セレクション Ⅰ 千葉俊二・細川光洋選	千葉俊二——解／永橋禎子——年
寺田寅彦	寺田寅彦セレクション Ⅱ 千葉俊二・細川光洋選	細川光洋——解
寺山修司	私という謎 寺山修司エッセイ選	川本三郎——解／白石 征——年
寺山修司	戦後詩 ユリシーズの不在	小嵐九八郎-解
十返肇	「文壇」の崩壊 坪内祐三編	坪内祐三——解／編集部——年
徳田球一 志賀義雄	獄中十八年	鳥羽耕史——解
徳田秋声	あらくれ	大杉重男——解／松本 徹——年
徳田秋声	黴｜爛	宗像和重——解／松本 徹——年
富岡幸一郎	使徒的人間 —カール・バルト—	佐藤 優——解／著者——年
富岡多恵子	表現の風景	秋山 駿——解／木谷喜美枝-案
富岡多恵子編	大阪文学名作選	富岡多恵子-解

講談社文芸文庫

野呂邦暢	[ワイド版]草のつるぎ｜一滴の夏 野呂邦暢作品集	川西政明——解／中野章子——年
橋川文三	日本浪曼派批判序説	井口時男——解／赤藤了勇——年
蓮實重彥	夏目漱石論	松浦理英子-解／著者———年
蓮實重彥	「私小説」を読む	小野正嗣——解／著者———年
蓮實重彥	凡庸な芸術家の肖像 上 マクシム・デュ・カン論	
蓮實重彥	凡庸な芸術家の肖像 下 マクシム・デュ・カン論	工藤庸子——解
蓮實重彥	物語批判序説	磯﨑憲一郎-解
蓮實重彥	フーコー・ドゥルーズ・デリダ	郷原佳以——解
花田清輝	復興期の精神	池内 紀——解／日高昭二——年
埴谷雄高	死霊 Ⅰ Ⅱ Ⅲ	鶴見俊輔——解／立石 伯——年
埴谷雄高	埴谷雄高政治論集 埴谷雄高評論選書1 立石伯編	
埴谷雄高	酒と戦後派 人物随想集	
濱田庄司	無盡蔵	水尾比呂志-解／水尾比呂志-年
林 京子	祭りの場｜ギヤマン ビードロ	川西政明——解／金井景子——案
林 京子	長い時間をかけた人間の経験	川西政明——解／金井景子——年
林 京子	やすらかに今はねむり給え｜道	青来有一——解／金井景子——年
林 京子	谷間｜再びルイへ。	黒古一夫——解／金井景子——年
林 芙美子	晚菊｜水仙｜白鷺	中沢けい——解／熊坂敦子——案
林原耕三	漱石山房の人々	山崎光夫——解
原 民喜	原民喜戦後全小説	関川夏央——解／島田昭男——年
東山魁夷	泉に聴く	桑原住雄——人／編集部———年
日夏耿之介	ワイルド全詩 (翻訳)	井村君江——解／井村君江——年
日夏耿之介	唐山感情集	南條竹則——解
日野啓三	ベトナム報道	著者———年
日野啓三	天窓のあるガレージ	鈴村和成——解／著者———年
平出 隆	葉書でドナルド・エヴァンズに	三松幸雄——解／著者———年
平沢計七	一人と千三百人｜二人の中尉 平沢計七先駆作品集	大和田 茂——解／大和田 茂——年
深沢七郎	笛吹川	町田 康——解／山本幸正——年
福田恆存	芥川龍之介と太宰治	浜崎洋介——解／齋藤秀昭——年
福永武彦	死の島 上・下	富岡幸一郎-解／曾根博義——年
藤枝静男	悲しいだけ｜欣求浄土	川西政明——解／保昌正夫——案
藤枝静男	田紳有楽｜空気頭	川西政明——解／勝又 浩——案
藤枝静男	藤枝静男随筆集	堀江敏幸——解／津久井 隆——年
藤枝静男	愛国者たち	清水良典——解／津久井 隆——年

講談社文芸文庫

藤澤清造 — 狼の吐息|愛憎一念 藤澤清造 負の小説集 西村賢太編・校訂　西村賢太 — 解／西村賢太 — 年
藤澤清造 — 根津権現前より 藤澤清造随筆集 西村賢太編　六角精児 — 解／西村賢太 — 年
藤田嗣治 — 腕一本|巴里の横顔 藤田嗣治エッセイ選 近藤史人編　近藤史人 — 解／近藤史人 — 年
舟橋聖一 — 芸者小夏　松家仁之 — 解／久米 勲 — 年
古井由吉 — 雪の下の蟹|男たちの円居　平出 隆 — 解／紅野謙介 — 案
古井由吉 — 古井由吉自選短篇集 木犀の日　大杉重男 — 解／著者 — 年
古井由吉 — 槿　松浦寿輝 — 解／著者 — 年
古井由吉 — 山躁賦　堀江敏幸 — 解／著者 — 年
古井由吉 — 聖耳　佐伯一麦 — 解／著者 — 年
古井由吉 — 仮往生伝試文　佐々木 中 — 解／著者 — 年
古井由吉 — 白暗淵　阿部公彦 — 解／著者 — 年
古井由吉 — 蜩の声　蜂飼 耳 — 解／著者 — 年
古井由吉 — 詩への小路 ドゥイノの悲歌　平出 隆 — 解／著者 — 年
古井由吉 — 野川　佐伯一麦 — 解／著者 — 年
古井由吉 — 東京物語考　松浦寿輝 — 解／著者 — 年
古井由吉
佐伯一麦 — 往復書簡『遠くからの声』『言葉の兆し』　富岡幸一郎 — 解
古井由吉 — 楽天記　町田 康 — 解／著者 — 年
古井由吉 — 小説家の帰還 古井由吉対談集　鵜飼哲夫 — 解／著者・編集部 — 年
北條民雄 — 北條民雄 小説随筆書簡集　若松英輔 — 解／計盛達也 — 年
堀江敏幸 — 子午線を求めて　野崎 歓 — 解／著者 — 年
堀江敏幸 — 書かれる手　朝吹真理子 — 解／著者 — 年
堀口大學 — 月下の一群 (翻訳)　窪田般彌 — 解／柳沢通博 — 年
正宗白鳥 — 何処へ|入江のほとり　千石英世 — 解／中島河太郎 — 年
正宗白鳥 — 白鳥随筆 坪内祐三選　坪内祐三 — 解／中島河太郎 — 年
正宗白鳥 — 白鳥評論 坪内祐三選　坪内祐三 — 解
町田 康 — 残響 中原中也の詩によせる言葉　日和聡子 — 解／吉田凞生・著者 — 年
松浦寿輝 — 青天有月 エセー　三浦雅士 — 解／著者 — 年
松浦寿輝 — 幽|花腐し　三浦雅士 — 解／著者 — 年
松浦寿輝 — 半島　三浦雅士 — 解／著者 — 年
松岡正剛 — 外は、良寛。　水原紫苑 — 解／太田香保 — 年
松下竜一 — 豆腐屋の四季 ある青春の記録　小嵐九八郎 — 解／新木安利他 — 年
松下竜一 — ルイズ 父に貰いし名は　鎌田 慧 — 解／新木安利他 — 年
松下竜一 — 底ぬけビンボー暮らし　松田哲夫 — 解／新木安利他 — 年

丸谷才一	忠臣蔵とは何か	野口武彦——解
丸谷才一	横しぐれ	池内 紀——解
丸谷才一	たった一人の反乱	三浦雅士——解／編集部——年
丸谷才一	日本文学史早わかり	大岡 信——解／編集部——年
丸谷才一編	丸谷才一編・花柳小説傑作選	杉本秀太郎-解
丸谷才一	恋と日本文学と本居宣長|女の救はれ	張 競——解／編集部——年
丸谷才一	七十句|八十八句	編集部——年
丸山健二	夏の流れ 丸山健二初期作品集	茂木健一郎-解／佐藤清文——年
三浦哲郎	野	秋山 駿——解／栗坪良樹——案
三木清	読書と人生	鷲田清一——解／柿谷浩一——年
三木清	三木清教養論集 大澤聡編	大澤 聡——解／柿谷浩一——年
三木清	三木清大学論集 大澤聡編	大澤 聡——解／柿谷浩一——年
三木清	三木清文芸批評集 大澤聡編	大澤 聡——解／柿谷浩一——年
三木卓	震える舌	石黒達昌——解／若杉美智子-年
三木卓	K	永田和宏——解／若杉美智子-年
水上勉	才市|蓑笠の人	川村 湊——解／祖田浩一——案
水原秋櫻子	高濱虚子 並に周囲の作者達	秋尾 敏——解／編集部——年
道籏泰三編	昭和期デカダン短篇集	道籏泰三——解
宮本徳蔵	力士漂泊 相撲のアルケオロジー	坪内祐三——解／著者——年
三好達治	測量船	北川 透——人／安藤靖彦——年
三好達治	諷詠十二月	高橋順子——解／安藤靖彦——年
村山槐多	槐多の歌へる 村山槐多詩文集 酒井忠康編	酒井忠康——解／酒井忠康——年
室生犀星	蜜のあわれ|われはうたえどもやぶれかぶれ	久保忠夫——解／本多 浩——案
室生犀星	加賀金沢|故郷を辞す	星野晃一——人／星野晃一——年
室生犀星	深夜の人|結婚者の手記	髙瀨真理子-解／星野晃一——年
室生犀星	かげろうの日記遺文	佐々木幹郎-解／星野晃一——解
室生犀星	我が愛する詩人の伝記	鹿島 茂——解／星野晃一——年
森敦	われ逝くもののごとく	川村二郎——解／富岡幸一郎-案
森茉莉	父の帽子	小島千加子-人／小島千加子-年
森茉莉	贅沢貧乏	小島千加子-人／小島千加子-年
森茉莉	薔薇くい姫|枯葉の寝床	小島千加子-解／小島千加子-年
安岡章太郎	走れトマホーク	佐伯彰一——解／鳥居邦朗——案
安岡章太郎	ガラスの靴|悪い仲間	加藤典洋——解／勝又 浩——案
安岡章太郎	幕が下りてから	秋山 駿——解／紅野敏郎——案